UN FRANC l'Ouvrage complet.   Collection "In Extenso"

JEAN BERTHEROY

LE
TOURMENT D'AIMER

LA RENAISSANCE DU LIVRE
78, Boulevard Saint Michel. — PARIS

LE
TOURMENT D'AIMER

Jean Bertheroy

LE

TOURMENT D'AIMER

ROMAN

ILLUSTRATIONS DE LÉONCE BURRET

PARIS

LA RENAISSANCE DU LIVRE

71, BOULEVARD ST-MICHEL, 71

JEAN BERTHEROY

Mᵐᵉ Jean Bertheroy — de son vrai nom Berthe Le Barillier — est née à Bordeaux, en 1868. Bien qu'elle soit connue surtout comme romancière, ce fut par des poésies qu'elle débuta dans la vie littéraire. Elle publia deux volumes de vers qui la mirent immédiatement en évidence... Puis elle se consacra entièrement au roman. On sait quel éclatant succès rencontrèrent ses livres, notamment *le Jardin des Tolosati*, *les Vierges de Syracuse*, *l'Ascension du Bonheur*, et surtout cette infiniment charmante *Danseuse de Pompéi*. Bien que n'écrivant plus en vers, Mᵐᵉ Jean Bertheroy a fort peu cessé, en vérité, de faire œuvre de poète. Ses romans sont de véritables évocations poétiques où le symbole se mêle à la passion la plus humaine ; le style en est harmonieux et un évident souci du rythme a guidé la plume de l'écrivain. Mᵐᵉ Jean Bertheroy n'abandonna d'ailleurs jamais complètement le commerce des Muses : c'est ainsi que la Comédie-Française a représenté d'elle, en 1897, un à-propos en vers, *Aristophane et Molière*. En 1900, l'Académie française ayant proposé, comme sujet du prix d'éloquence, l'éloge d'André Chénier, Mᵐᵉ Jean Bertheroy, heureuse d'honorer le grand élégiaque et, sans doute aussi, heureuse de parler d'un poète, ce qui était encore un moyen de se rapprocher du Parnasse, concourut et remporta le prix. C'était là sa troisième couronne, l'Académie l'ayant déjà récompensée en 1893, pour son roman *Ximénès*, et, en 1890, pour *Femmes antiques*, son second recueil poétique.

Elle a donné, en poésie : *Vibrations* (1889) ; *Femmes antiques* (1890) ; *Aristophane et Molière*, un acte en vers (1897) ; en prose : *Cléopâtre*, roman historique (1892) ; *Ximénès* (1893) ; *le Mime Bathylle* (1894) ; *Sur la pente* (1894) ; *le Roman d'une âme* (1895) ; *le Double Joug* (1897) ; *la Danseuse de Pompéi* (1899) ; *Lucie Guérin* (1900) ; *Éloge d'André Chénier* (1900) ; *Hérille* (1901) ; *le Jardin des Tolosati* (1902) ; *le Mirage* (1903) ; *les Vierges de Syracuse* (1904) ; *la Beauté d'Alcias* (1906) ; *l'Ascension du bonheur* (1906). *Le colosse de Rhodes* (1909) ; *Les Deux Puissances* (1910) ; *Le Frisson Sacré* (1911) ; *Les Tablettes d'Erinna d'Agryente* (1912).

La plupart des romans modernes de Mᵐᵉ Jean Bertheroy furent publiés à la *Revue des Deux-Mondes*, et aux *Journal des Débats*.

Le haut mérite de Mᵐᵉ Jean Bertheroy a reçu une consécration officielle : en date du 14 juillet 1910, l'auteur du *Tourment d'aimer* a été promue au grade de chevalier dans l'ordre national de la Légion d'honneur.

LE TOURMENT D'AIMER

PREMIÈRE PARTIE

1

Ce jour-là les parents d'Hérille avaient tué le veau gras dans leur métairie, non point pour le retour de l'enfant prodigue, mais parce que leur fils revenait du collège, ayant conquis son diplôme de bachelier. Bachelier, Hérille ! le petit garçon qui dix ans auparavant conduisait le bétail, une baguette de sureau sur l'épaule, dans les gras pâturages de la vallée d'Auge ! Sa mère, les yeux mouillés, réfléchissait à ce miracle. Dans son âme simple de paysanne, ce titre de bachelier équivalait à quelque chose de mystérieux et de grand, de redoutable aussi, comme tout ce qu'on ignore. En achevant de veiller à ce que la table fût parée des friandises qu'Hérille aimait, elle interrogeait son mari.

— Dis donc, le père Lepic, qu'allons-nous faire de notre fils maintenant ?

L'homme sourit en se frottant le menton. C'était un de ces Normands à la face fleurie comme une prairie de sainfoin en juillet; deux petits yeux gris bleu très vifs donnaient une expression de finesse à son visage : il portait sur ses cheveux blancs un bonnet de coton noir et mâchonnait entre ses dents le tuyau d'une courte pipe.

— Il faudra voir, dit-il. Le principal est qu'il se soit bien instruit.

Ils échangèrent un regard où luisait leur commune espérance. Des cinq enfants qu'ils avaient eus, Hérille était le dernier né et le seul vivant. C'était en lui que se réunissaient leurs orgueils et à lui que reviendraient leurs richesses, car ils étaient riches. D'avoir toute leur vie cultivé les champs de céréales et engraissé les bœufs qu'ils menaient vendre six fois par an sur le marché de Saint-Pierre-sur-Dives, ils avaient ramassé de quoi élever leur fils plus haut qu'eux.

La salle où ils attendaient ce fils chéri témoignait de leur aisance. Elle donnait d'un côté sur une cour, de l'autre sur la vaste campagne. Deux grandes armoires de chêne touchaient de leurs corniches à créneaux les poutres du plafond. Au milieu, une table massive s'alignait, assez longue pour recevoir, les jours de labour ou de moisson, tous les ouvriers de la ferme. En temps ordinaire, le père Lepic et sa femme y mangeaient seuls, avec un ménage de valets.

Cette pièce, moitié salon, moitié cuisine, était la plus vaste de la maison; elle tenait tout le rez-de-chaussée, tandis que dans le même espace au-dessus il y avait trois chambres blanchies à la chaux, munies de lits énormes, qu'encadraient aux quatre coins des draperies de perse. Partout un bon parfum de propreté entrait agréablement dans les narines, en même temps que par les fenêtres ouvertes arrivaient les odeurs fécondes de la terre.

Sept heures sonnèrent à une horloge placée au fond de la salle; comme on était au mois de juillet, il faisait grand jour encore.

— Tu aurais dû prendre la carriole et aller le quérir à Vendœuvre, dit la mère Lepic.

— Bah ! répondit le père, il connaî son chemin, il reviendra bien tout seul.

Et cependant le temps commençait à lui durer. Il marchait de long en large, s'arrêtant parfois pour prêter l'oreille aux bruits du dehors. Les chiens aboyèrent; un pas pressé écrasa le sable de la cour.

— C'est lui! c'est Hérille! cria la mère.

C'était lui, en effet. Il arrivait, serré dans sa tunique de collégien, le képi avancé sur les yeux, une petite valise sous le bras. Grand et mince, il avait cet aspect disproportionné des adolescents que l'étude et la croissance ont tiré trop vite de leur gaine. Mais si ses membres étaient encore inachevés, son visage était déjà viril. Une ombre de moustache brune bordait ses lèvres; ses yeux noirs exprimaient à la fois douceur et force, vigueur et tendresse. Et en effet Hérille était venu au monde avec ce double courant en son âme: petit, il ne pouvait dormir qu'entre des bras moelleux, dont la tiédeur humaine différait de celle du berceau; à mesure qu'il avait grandi, son intelligence, faisant contrepoids à sa sensibilité, l'avait poussé à s'affranchir de cet importun besoin de tendresse; mais toujours il y retournait, comme par une pente naturelle. Au lycée de Caen, où ses parents l'avaient envoyé pour apprendre le latin et le grec, on l'appelait le « Bon Hérille », et à ce qualificatif familier s'ajoutait une nuance de respect, car il était presque toujours le premier de sa classe et souvent il venait en aide aux autres: le bon Hérille était doublé d'un fort en thème, qu'on jugeait prudent de ménager.

Il entra dans la salle et d'un geste vif jeta son képi sur une chaise. Sa mère s'empressa de lui retirer du bras sa valise. Le père Lepic, silencieux par habitude, l'examinait du coin de l'œil, curieusement, comme si ce fils frotté de science lui fût devenu un peu étranger. Il y eut une embrassade générale, puis ce fut la mère qui parla d'abord:

— Enfin, te voilà revenu! Tu vas pouvoir te reposer dans ta bonne chambre, dans ton grand lit. J'ai fait renouveler la « couette » exprès pour que tu sois à ton contentement, comme quand tu étais petit, tu sais, et qu'il fallait ruser pour te faire rester au berceau.

Hérille rougit un peu.

— N'es-tu pas fatigué? dit le père.

Pas le moins du monde. Il était venu par le chemin de fer jusqu'à Saint-Pierre et de là il avait pris la traverse pour gagner la métairie, le « Piolet », comme il prononçait encore avec l'accent natif de la vallée d'Auge. Il faisait le tour de la salle, reconnaissant tout, souriant aux meubles, à la vieille horloge, aux choses familières avec lesquelles il avait conversé dans son enfance.

On se mit à table. Claude Chanot et Claudine, les deux serviteurs, rentrèrent des champs et l'embrassèrent avec effusion. La soupe fuma au creux des assiettes. Pendant un instant, on n'entendit que le bruit des langues happant le liquide savoureux. Puis Hérille, ayant fini le premier, releva la tête.

— C'est bon d'être ici! fit-il.

Cette réflexion amena les parents à parler de l'avenir. Maintenant qu'il était sorti du collège, que ferait-il? Bien sûr il n'avait pas autant travaillé pour rester là, entre eux deux, à surveiller les récoltes. D'ailleurs, le père Lepic suffisait à la besogne et deux maîtres étaient inutiles.

— Vois-tu, mon fils, continuait le vieux, devenu tout à coup loquace, chacun son métier, comme dit le proverbe. Voilà vingt ans de ma vie que je passe sans bouger de mon coin de terre, dans l'espoir de te voir un jour devenir un grand homme. Et, mon Dieu! tu ne serais pas le seul à qui cette chance arriverait! Mais pour cela, il faut sortir du Piolet et aller là-bas à Paris.

Les yeux d'Hérille étaient perdus dans la campagne. En face de lui se déroulait l'ondoiement des blés, mûrs déjà pour la moisson. La lumière du soir, teintée de rose, se couchait sur leur crête d'or.

— Je ferai ce que vous voudrez, mon père, dit-il à voix basse.

Alors ensemble ils remuèrent des projets, des rêves. Avocat? Médecin? Ingénieur? Il semblait aux parents d'Hérille qu'étant bachelier il devait être bon à tout. Lui, penchait pour le droit, sentant qu'il serait là moins asservi, moins définitivement lié peut-être que dans les autres carrières. Sauvage sans être timide, il apercevait l'indépendance comme le meilleur bien. En réalité, sa vocation n'était pas formée encore, et il redoutait de se boucher l'avenir.

Le repas finissait. Des voisins arrivaient par groupes. Ils avaient su le retour d'Hérille et, moitié par affection, moitié par curiosité, ils venaient lui rendre visite. On leur fit place autour de la table et les tournées de calvados commencèrent.

— Ainsi, te voilà savant.

— Un vrai monsieur?

— Un futur avocat?

— Dans vingt ans, il sera Président de la République!

Hérille répondait à chacun de son mieux; mais au fond, il se sentait gêné, parmi ces gens simples, dont les compliments étaient mélangés de gouaillerie. Pourquoi l'avait-on envoyé au collège, au lieu de le laisser cultiver les champs? Depuis deux heures qu'il était rentré au foyer paternel, l'amour de la terre le reprenait déjà. C'était à peine s'il se souvenait d'avoir, huit jours auparavant,

disserté sur le « moi humain » et commenté
devant ses examinateurs les Catégories
d'Aristote.

La chaleur et l'eau-de-vie aidant, l'assem-
blée perdit peu à peu la tête. On rit et on
pleura; on porta des toasts au futur grand
homme. Hérille qui n'aimait pas la boisson,
eut grand'peine à faire contenance. Aussitôt
qu'il put, il gagna sa chambre à pas de loup.
La fenêtre en était ouverte et la lune mouil-
lait tout de sa blancheur. Il se jeta sur son
lit sans même prendre le temps de se désha-
biller, et rêva qu'il était étendu sur une
meule de foin et que les faneuses lui jetaient
des javelles sur la figure. Quand, au bout
d'une heure, sa mère monta pour l'embrasser,
elle le trouva qui dormait, les deux poings
fermés et la bouche souriante.

II

Lorsque, trois mois après, Hérille débar-
qua dans Paris, il avait pris définitivement
son parti de devenir un grand homme. C'était,
à son sens, l'unique façon de dédommager
ses parents des sacrifices qu'ils n'avaient
cessé de faire pour lui. Une secrète ambition,
d'ailleurs, commençait à s'éveiller en son
âme : à force d'avoir été le point de mire
des gens de son village, à force d'avoir été
appelé par flatterie ou par nargue « Monsieur
l'Avocat » ou « Monsieur le Président », il
en était arrivé à se voir déjà le bonnet carré
sur la tête, ou même quelque insigne de
dignité sur sa poitrine.

Ce fut animé de ces dispositions qu'il
descendit de son train dans le hall de la
gare Montparnasse. Il était près de minuit;
un bruit infernal retentissait sous la voûte
de vitrage; des feux partout, jaunes, verts,
rouges, violets, étincelaient parmi l'ombre;
des gens se hâtaient dans toutes les directions. Hérille, en bon Normand, n'aimait pas
à se presser. Il prit sa valise et se dirigea
tranquillement vers la sortie.

Sur le boulevard, où il se trouva bientôt,
il eut un recul de surprise; la grande ville lui
apparaissait dans sa vie nocturne comme
une femme qu'il avait rêvée princesse et dont
il découvrait le laisser-aller intime. Il n'y
avait guère que des cafés ouverts à cette
heure tardive. Mais les trottoirs étaient
sillonnés d'une jeunesse exubérante qui
chantait et causait bruyamment. Hérille entendit des refrains qui ne lui étaient jamais
encore parvenus aux oreilles. Un grand
garçon taillé en hercule, coiffé d'un large

feutre à la Franz Hals et qui s'avançait au
bras d'une jeune femme invraisemblablement mince, hiératique et insexuée comme
une figure de Filippo Lippi, hurlait une
romance sentimentale que plusieurs autres
reprenaient en chœur. De temps en temps

des rires profonds ou argentins, des rires
mâles et femelles, éclataient. La bande fit
halte devant un établissement luxueusement
éclairé et y pénétra en simulant une charge
guerrière. Hérille, amusé, les suivit.

On faisait de la musique dans ce lieu : mais
il y avait un tel tapage que les sons des instruments étaient couverts par une multitude
d'autres sons. On y buvait aussi, et c'étaient
des femmes qui apportaient les consomma-
tions.

Avant qu'Hérille ait eu le temps de rien
demander, une grande fille brune s'affala
presque sur ses genoux, lui mettant un bock
à la hauteur des lèvres. Son premier mouvement fut de la repousser, mais il sentait
peser sur lui des regards ironiques; il avait
soif,... il but. Un quart d'heure après il dis-
courait au milieu d'un groupe d'étudiants.
Tout ce qu'on avait entonné en lui de théories toutes faites revenait à fleur de son
esprit. Une effervescence le poussait soudain
à parler, à se montrer à la hauteur de ce
nouveau milieu qui allait devenir le sien,
et où il flairait un bizarre mélange de sérieux
et de libertinage, d'idéalisme et d'immoralité.
Le fort en thème, le frais émoulu du lycée
de Caen se révélait à lui-même sous un aspect imprévu, s'étonnait d'avoir brisé sa
coque et d'entr'ouvrir si facilement ses ailes.

Bientôt il se trouva comme chez lui au sein de toute cette jeunesse étrangère. Le grand garçon taillé en hercule et coiffé à la Franz Hals le frappa sur l'épaule du plat de sa large main.

— Je te sacre citoyen du Quartier, dit-il.

En même temps, la jeune femme invraisemblablement mince, qui ressemblait à à une figure de Filippo Lippi, lui sauta au cou et l'embrassa entre l'oreille et le menton.

C'était, avec l'accolade de la verseuse de bock, le second baiser de femme qu'Hérille recevait depuis son arrivée, et cela déconcertait ses théories en matière d'usages amoureux. Il fit bonne contenance néanmoins, et pour rendre la politesse il commanda du champagne. Les chansons reprirent, et cette fois Hérille répéta avec les autres le refrain. Le tapage devint infernal dans l'établissement, dont tous les autres consommateurs s'étaient retirés.

Enfin le patron s'avança; c'était un petit homme aux longs cheveux luisants, que les étudiants appelaient « Papa Débonnaire ». Il s'avança, digne, et cependant familier, avec un sourire ambigu sur les lèvres.

— En voilà assez pour cette nuit, mes enfants. On va fermer.

Cet avertissement rappela Hérille à la réalité. Il se souvint qu'il n'avait pas encore de gîte dans cette ville où il n'était arrivé que depuis quelques heures. En même temps il jetait un regard inquiet du côté où il avait déposé sa valise. Elle était encore là, échouée sous une banquette, et si rustique, si démodée, qu'il en éut un sentiment de honte. En hâte, il se considéra lui-même dans un miroir; mais il eut quelque peine à se reconnaître, tant les traits de son visage avaient soudainement changé; ses yeux reluisaient d'une expression hardie, toute différente de celle qu'ils avaient eue jusqu'alors; sa bouche marquait une joie orgueilleuse de vivre, et son être entier s'était extériorisé sur son visage. Il dut parler pour se convaincre qu'il n'était pas le jouet d'une illusion; il cria d'une voix forte : « En avant, les gas ! » et tout de suite après : « Bourgeois de Falaise, ta lanterne ! » Rassuré cette fois sur son identité, il ramassa sa valise et sortit.

Dehors il trouva le boulevard désert; ses nouveaux amis avaient disparu. En face de lui, dans une rue étroite, un hôtel d'apparence modeste était encore vaguement éclairé. Il y sonna, demanda une chambre qu'on lui fit payer d'avance et s'y installa avec cette aisance délibérée qui s'était empa-

rée de lui presque à son insu depuis qu'il avait posé le pied dans la capitale.

Le lendemain était un dimanche. Un pâle soleil de fin d'automne entrait dans sa chambre lorqu'il s'éveilla. Le premier objet qu'il distingua dans cette clarté fut sur la table de toilette un pot à eau ébréché, et cette vue l'offusqua; bien que de naissance modeste, Hérille avait des mœurs délicates; il n'aimait rien de ce qui était grossier ou trop cyniquement misérable. Or tout, dans cette chambre d'hôtel, depuis le papier sali sur les murs, jusqu'aux meubles désappareillés et boiteux, portait l'empreinte de la plus vulgaire banalité. En faisant l'inventaire de ce triste mobilier, Hérille se demandait avec effroi comment il pourrait vivre, travailler, prendre ses habitudes là, ou dans une demeure équivalente. Il se leva mélancoliquement.

Tout son entrain de la veille était tombé; il sentait autour de lui un grand vide et en lui une grande lassitude. L'inconnu était devant ses regards, l'inconnu, c'est-à-dire une longue route sans issue, où rien ne se présentait pour pallier les difficultés de sa marche; et, seul au milieu de cette route, l'énigme de sa destinée se dressait, figure voilée et redoutable dont il n'apercevait les traits que confusément. Il n'est pas un homme qui, au seuil de sa vie, livré pour la première fois à lui-même, n'ait tremblé ainsi devant le mystère du sort. Hérille, par la sensibilité particulière de son tempérament, ressentait plus que tout autre ce frisson d'angoisse.

Il s'y déroba vite cependant. Honteux de se voir au lit à une heure aussi tardive, — au Piolet, là-bas, il y avait beau temps que tout le monde était debout; maintenant on devait se rendre à l'église pour la grand'-messe. — il se leva et commença rapidement à s'habiller. D'ailleurs le désir lui venait de se retrouver dehors, de reprendre contact avec la grande ville, que la veille il n'avait entrevue qu'aux lueurs factices des becs de gaz. De sa fenêtre il apercevait sur le boulevard la cohue des passants enchevêtrée aux omnibus, aux cycles de toutes formes, aux voitures... Ce va-et-vient dans le décor des arbres feuillus et roux lui semblait un spectacle de féerie. Il descendit de l'hôtel et se mêla à la foule.

Mais l'impression pénible sous laquelle il s'était réveillé l'y suivit. Parmi tous ces visages, pas un seul ne lui était ami, pas un, parmi tous ces gens, ne se doutait de son isolement : pire isolement que de se trouver

seul au milieu d'une multitude! Hérille se
sentit plus désorienté, plus désorbité que
jamais. La grande ville maintenant lui faisait peur. Aucune rue ne lui était familière,
ni même connue. Dans la solennité de ce dimanche, tout prenait un air apprêté et plus
conventionnel. Il cherature, à travers les
groupes, les étudiants qu'il avait rencontrés la nuit précédente. Vainement. Les re-
trouvait-il jamais? Il eut la sensation d'être un
atome perdu dans un tourbillon immense.

Il marcha ainsi au hasard jusqu'à ce que
les tours de Notre-Dame se fussent dessinées
devant lui. Il voulut entrer pour visiter l'édifice, mais, là encore, il y avait une foule
compacte, des milliers de têtes dont on
n'apercevait pas les corps. Tout au fond, le
prêtre à l'autel, dans la chasuble dorée, semblait un petit point lumineux. De si loin, le
sens même des gestes liturgiques échappait
à Hérille; la messe célébrée à cette distance
n'était plus pour lui qu'un spectacle auquel
il était impuissant à s'associer.

Et toute la journée ce fut ainsi; partout
où il alla, il retrouva le même total isolement. Il mangea seul, il se promena seul, il
s'assit aux Champs-Élysées seul, sur un banc,
tandis que devant lui passaient et repassaient
des couples bavards. Un vieux monsieur,
pourtant, vint un instant se placer à côté de
lui. Il avait une bonne figure placide et une
large décoration à la boutonnière. Hérille,
qui n'avait pas prononcé une parole depuis
le matin, essaya de nouer la conversation
avec lui. Mais le monsieur le regarda avec
défiance et alla s'asseoir plus loin, sur un
autre banc. L'avait-il pris pour un pick-
pocket? Cette supposition fit sourire Hérille,
en même temps qu'un peu de rougeur lui
montait au front.

Vers le soir, il regagnait le quartier Latin;
l'établissement de « Papa Débonnaire »
regorgeait de monde. Il entra; la musique
battait son plein; l'électricité brillait, reflétée
par toutes les glaces. Des femmes en blouses
claires buvaient et riaient, familières avec
les hommes. Hérille aperçut sa brune verseuse de la veille, mais elle ne le reconnut
point. Décidément, il était l'être indifférent,
le passant anonyme dont nul ne prenait
souci. Il s'alla coucher en face de son pot-à-
eau ébréché, et en tête à tête avec ses illusions défaillantes.

III

Hérille s'était empressé de quitter l'hôtel;
il avait trouvé, dans une rue tranquille, une
chambre claire et propre, en face d'un couvent dont le jardin, ombragé d'arbres centenaires, reposait agréablement ses yeux. Cette
chambre était assez vaste pour qu'il pût y
manger et y dormir. Tout de suite, il avait
organisé sa vie d'étude, pressé qu'il était
d'arriver au but. Et c'était pour lui un contraste délicieux que le recueillement de ce
logement solitaire avec le bruit et le vertige
qui l'enveloppaient quand il descendait au
« Quartier ».

D'ailleurs, là aussi, il se tenait à l'écart.
Il gardait, au milieu de ce monde d'étudiants
et de femmes faciles, son fonds de sauva-
gerie naturelle. Même avec ses camarades
d'école, il n'avait ébauché encore aucun lien
d'amitié. Un soir, pourtant, comme il passait devant une brasserie, il sentit une main
robuste s'abattre sur son épaule. Il se retourna et se trouva en face du grand garçon au
large feutre qui l'avait accueilli le soir de
son arrivée. Cordiale fut leur étreinte. Une
invincible sympathie les avait à première
vue poussés l'un vers l'autre. En tête à tête
devant deux absinthes, ils causèrent. Le
grand garçon s'appelait Archambault; il
était orphelin de père et de mère, et natif de
Bourg-en-Bresse. Son tuteur, notaire en province, l'avait envoyé faire son droit à Paris,
en attendant qu'il eût l'âge et les diplômes
voulus pour l'aider dans l'étude et reprendre
ensuite la charge. Mais cela n'entrait pas
dans les idées d'Archambault; lui ne rêvait
que voyages et grandes entreprises. Il con-
fia à Hérille sa résolution de courir le monde,
aussitôt sa licence passée. La province lui
faisait horreur; Paris ne lui semblait pas
assez vaste pour le champ de son activité.

— Voyez-vous, mon cher, disait-il avec
de grands mouvements, agir, agir, il n'y a
que cela. Les chances de succès, dans la vie,
sont en raison de l'activité que l'on déve-
loppe.

Hérille l'écoutait complaisamment. D'instinct, il aimait l'audace et la force. L'extériorité, l'exubérance de ce Bourguignon le
ravissaient, lui qui avait une tendance à se
replier en soi-même, qui était plutôt un
être intérieur. Il admirait que l'on pût ainsi
se déterminer en une tendance unique, ré-
duire à une seule passion toutes les passions
diverses qui se combattent dans le cœur d'un
homme jeune et ardent, au moment où il
prend possession de l'existence. Lui aussi,
il avait parfois des velléités d'indépendance,
et il se savait ambitieux à sa façon. Mais il
était sous le joug de sa nature tendre et de
ce grand besoin d'affectivité qu'il portait en

lui. Se détacher de tout et s'en aller vivre à l'étranger lui paraissait un acte héroïque. Il le dit à Archambault, qui éclata de rire.

— Et croyez-vous qu'à Buenos-Ayres ou à Yokohama vous ne trouverez pas la même humanité : des femmes à aimer, des gens qui vous exploiteront et d'autres que vous exploiterez ? *Omnia mecum porto*, dit le philosophe. Partout où vous irez, vous porterez vos vices, vos vertus avec vous, et vous rencontrerez ceux des autres.

Il se leva sur cette tirade. Une jeune femme venait à lui le sourire aux lèvres. Mais ce n'était pas la Vierge de Filippo Lippi, hiératique et insexuée, qu'Hérille avait déjà vue en sa compagnie. Celle-là était au contraire toute épanouie et sans façon. Elle passa un de ses bras sous celui d'Archambault, et de l'autre se suspendit à Hérille.

— Où va-t-on pâturer ? dit-elle.

— Où tu voudras, répondit Archambault, tout à coup docile comme un enfant.

Hérille, par discrétion, voulut s'éloigner, mais tous deux le retinrent. Ils dînèrent ensemble, dans un cabaret voisin. La femme réjouie, qui s'appelait Amandine, raconta des histoires croustillantes et alluma une cigarette au dessert. C'était une figurante d'un petit théâtre du Quartier, qui passait pour n'être point cruelle. Tour à tour, les étudiants se donnaient le luxe de l'inviter. Hérille la convia pour le lendemain avec Archambault.

Ainsi le Bourguignon était devenu son compagnon de plaisir ; il l'avait décidé à prendre ses repas dans la même pension que lui, chez la mère Pothelin, au lieu de se faire monter à manger matin et soir par sa concierge, comme un prisonnier. Hérille, après s'être faiblement défendu, y avait consenti ; et, peu à peu, sa vie était devenue celle de tous les étudiants du Quartier. Maintenant, il ne se retirait plus dans sa chambre que pour travailler, et quelquefois pour dormir. Le reste du temps, il suivait les déambulations de ses camarades. Il était de toutes les « noces » et prenait part à toutes les « orgies » ; mais il restait quand même le fort en thème de jadis et ne manquait pas non plus une leçon. A la table d'hôte de la mère Pothelin, il étonnait tout le monde par la variété de ses connaissances ; il s'étonnait lui-même, quelquefois, de tout ce qu'il trouvait de choses sues au fond de son cerveau.

Les autres amis d'Archambault étaient devenus ses amis. Il avait pour voisins de couvert un étudiant en médecine et un élève de l'École des Beaux-Arts. Il entamait avec eux des discussions philosophiques et esthétiques à perte de vue, mais Archambault se jetait à la traverse. « Des mots ! Des mots ! Des mots ! » criait-il, en levant ses grands bras au ciel.

Des mots ! c'est-à-dire ce qui lui semblait le plus vain, le plus inutile, le plus voisin du néant ; ce viril n'avait d'estime que pour l'action ; encore cédait-il parfois, à son insu, à ce besoin de discourir qui est le propre de la jeunesse studieuse, mais c'était pour tracer des plans de campagne ou pour tirer à chacun l'horoscope de sa destinée.

— C'est toi, de nous deux, qui seras le notaire, dit-il un jour à Hérille ; tu épouseras une femme qui te fera cornard et tu auras beaucoup d'enfants.

IV

L'hiver avait été doux et le printemps précoce. Au mois d'avril, les arbres des boulevards et des squares émettaient déjà de gros bourgeons luisants, prêts à laisser échapper leur feuillage dès qu'un rayon plus vif de soleil tomberait sur eux. Il faisait tiède, et le soir les terrasses des cafés débordaient de monde. Les femmes circulaient en toilettes claires, avaient des sourires fraîchement épanouis sur leurs lèvres.

Hérille était dans l'émoi de ce renouveau ; sa pensée, à chaque instant, le transportait au pays natal, au Piolet, à la vallée d'Auge, dont les pommiers maintenant devaient être en fleur. L'image de ses parents lui revenait en même temps à l'esprit, plus nette, plus vivace qu'à travers les brumes de l'hiver ; en leur écrivant, il mettait plus d'expansion dans ses lettres, il trouvait des tours naïfs pour leur exprimer son affection ; il se sentait rajeuni, simple de cœur, comme au temps de son enfance.

Décidément, si les circonstances de sa vie présente avaient modifié ses mœurs extérieures, il était toujours le même au fond, tourmenté du besoin de se dévouer et altéré de tendresse. Sa camaraderie avec Archambault ne contentait pas entièrement cette soif d'aimer qui était en lui ; ses liaisons passagères avec des femmes ne faisaient que l'aviver davantage. Il aurait voulu se donner corps et âme, se dépenser jusqu'à la mort, accomplir des prodiges de dévouement. Quelquefois, la nuit, il tapait de son poing fermé la cloison contre laquelle était son lit. Il appelait des créatures imaginaires à qui il promettait d'appartenir sans réserve. Plus croyant, il eût versé en Dieu cet excès d'altruisme ; mais la foi de ses premières années s'était effacée peu à peu au contact des brutalités de la vie.

Dans ces moments de crise, le travail était sa grande ressource ; il s'y livrait avec une ardeur presque sensuelle. L'ambition, alors, faisait pencher d'un autre côté ses énergies ; il lui semblait que, comme le disait Archambault, la lutte pour la fortune et les honneurs méritait seule de remplir l'existence d'un homme

Un dimanche matin, il était absorbé par la rédaction d'une conférence, quand il entendit des pas nombreux heurter les marches de l'escalier : des voies gaies lui tintèrent aux oreilles, et la bande des pensionnaires de la mère Pothelin fit soudain irruption dans sa chambre. L'étudiant en médecine qui était son voisin de table entra le premier ; il avait fleuri la boutonnière de sa veste d'une énorme branche de giroflée achetée à une marchande de la rue.

— Holà, Justinien ! cria-t-il à Hérille, n'as-tu pas honte de moisir sur le Code par un tel soleil ? Allons ! Fais-nous la grâce de planter là, pour aujourd'hui, tes Instituts et tes Pandectes, et viens contempler la nature éternelle dans les bosquets de Montmorency.

— Viens avec moi pour fêter le printemps,

commença une jeune femme d'une voix fausse.

Hérille avait horreur des chansons sentimentales ; de plus, il ne se sentait pas en humeur de rire.

— Impossible ! dit-il.

Tous, ils se récrièrent ; Archambault devait les rejoindre au bureau de l'omnibus ; on irait à la gare du Nord prendre le train d'Enghien et l'on arriverait à Montmorency pour l'heure du déjeuner. Anes, cerises à l'eau-de-vie (les autres n'étaient pas encore mûres), sieste sous les marronniers de l'Ermitage, tout un programme de jouissances lui fut détaillé avec des gloses séduisantes. Il resta inébranlable.

— Voulez-vous que je vous dise ? fit l'étudiant en médecine, il attend une femme et il veut couvrir son inconduite du manteau de la science.

— Précisément ! dit Hérille, qui se raccrocha à cette invention pour avoir la paix.

— Brune ? Blonde ?

— Rousse !

— Emmène-la, dit quelqu'un, plus on est de fous...

— Impossible ! fit encore Hérille laconiquement.

— Une duchesse alors ? Mazette !

Ils dégringolèrent en poussant des rires étouffés ; un peu de jalousie parmi les hommes, un peu de dépit parmi les femmes, s'y mêlaient. Hérille, au Quartier comme au collège, s'était fait sans y tâcher une réputation de supériorité.

Resté seul, il se replongea de nouveau dans son travail. C'était la première fois qu'il refusait de s'associer à « une partie » organisée par ses camarades, et il s'en félicitait intérieurement. Le calme de sa chambre, redevenue solitaire, le ravissait. Il se sentait son maître et en éprouvait une joie d'orgueil.

Vers midi, il songea à déjeuner. Machinalement il se leva pour se rendre chez la mère Pothelin ; puis il réfléchit que la table d'hôte serait à peu près vide : à quoi bon aller jusque-là ? Il se contenta de descendre chez sa concierge et de l'envoyer, comme autrefois, chercher des vivres dans un restaurant voisin. Il mangea sur un coin de sa table, avec un plaisir extrême. Des pensées sans nombre lui tenaient compagnie ; il n'avait pas assez d'oreilles pour entendre toutes les voix qui se levaient dans son âme.

Son repas achevé, une rêverie molle l'enveloppa. Coup sur coup il alluma plusieurs cigarettes, qu'il laissa s'éteindre sans y prendre garde. En face de lui, dans le cadre de sa fenêtre ouverte, les arbres centenaires du couvent formaient un fond de béni ne verdure ; des oiseaux chantaient, des cloches sonnaient ; le bruit de Paris était ailleurs, bourdonnement lointain qui ressemblait à un ronflement. Ici, dans ce quartier de recueillement et d'études, c'était un peu du printemps et de la grande paix des choses qui montait à l'âme du jeune homme. Il pensait en même temps à ses parents, là-bas, au Piolet, — les chers vieux, qui étaient sans doute à cette heure assis sur le banc de pierre devant la maison, les mains croisées sur leurs genoux, — et à la bande joyeuse des camarades essaimée dans la forêt de Montmorency. Il pensait encore à sa jeunesse, à la gloire et à l'amour. A l'amour ! Combien ce mot renfermait encore pour lui de joies ignorées et profondes ! Malgré son grand désir de se donner, il n'avait pas rencontré jusqu'ici une seule créature digne de retenir son cœur. Ces femmes faciles, qui appartiennent à tous et à aucun, combien elles étaient loin de réaliser pour lui l'idéal qu'il s'était formé ! Il sentait qu'il y avait entre elles et celle qu'il attendait la même différence qui existe entre le plaisir qui se répand en tumulte et le bonheur qui se tait.

De toutes ces réflexions un peu de mélancolie le gagnait. Son travail interrompu sur la table, ne l'attirait plus. Il enfonça ses regards dans l'épaisse verdure des arbres, en face de lui... Pourquoi n'était-il pas à courir à travers champs, à se griser d'effluves, de parfums, de fleurs, de lumière ? La nature semblait l'appeler, lui reprocher son indifférence. Il se décida brusquement à lui obéir.

C'est le charme de Paris qu'à peine sorti de ses portes on rencontre des points de vue créés à souhait pour réjouir l'imagination. Une âme romanesque, qui prête aux choses sa propre esthésie sentimentale et n'exige pas d'elles l'absolue beauté, s'en contente et y trouve à satisfaire ses aspirations. Hérille était précisément dans cet état d'exaltation intérieure qui colore le paysage de teintes féeriques. Aussitôt descendu de la voiture dans laquelle il s'était fait conduire jusqu'à l'entrée du bois de St-Mandé, il éprouva, à la vue du petit lac enfermé dans sa ceinture de feuillages, une véritable ivresse lyrique. Jamais touriste visitant les glaciers de la Suisse ou les sites fameux de l'Italie n'avait dû ressentir plus d'enthousiasme. Le soleil, il est vrai, contribuait à l'enchantement : sous son incomparable magie les gens en habits de fête, les gargotes champêtres, tout cet endimanchement de la banlieue prenait l'aspect d'une grande kermesse, où la lumière distribuait à profusion des fusées multicolores. Hérille, d'ailleurs, avait évité de se mêler au va-et-vient des promeneurs. Il s'acheminait à droite par une allée couverte, dont le charme discret l'invitait. Son cœur était gonflé de joie. Il remerciait Dieu de l'avoir fait venir au monde.

Tout à coup, comme il avait ralenti le pas pour mieux savourer le grand bonheur inexpliqué dont il était envahi, il se trouva en présence d'une jeune fille. Elle se dirigeait de son côté, avec ce petit trottinement particulier aux Parisiennes ; dans la clarté tamisée par les feuillages, sa robe lilas se nuançait d'arabesques lumineuses ; un grand chapeau de paille orné de pavots était posé sur sa chevelure très blonde, qui se massait autour des oreilles en ondes épaisses. D'abord elle fit semblant de ne pas le voir ; puis, à quelques pas de lui, elle se baissa pour cueillir une pâquerette dans l'herbe : enfin, quand ils furent en face l'un de l'autre dans l'allée étroite, elle lui dit : « Pardon, Monsieur ! » pour passer, d'une façon un peu vulgaire, mais avec une voix si délicieusement timbrée qu'il s'arrêta, pris soudain du désir de l'entendre encore :

— Voulez-vous me permettre de marcher à côté de vous ? dit-il.

En même temps il se demandait, avec un

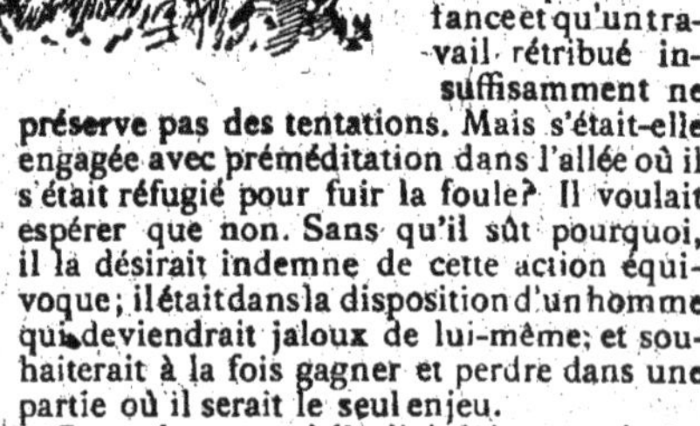

peu d'anxiété, quelle réponse allait lui être faite. Il ne croyait pas s'être trompé dans le jugement qu'il avait porté sur la condition sociale de la jeune fille : elle devait appartenir à cette catégorie assez indéterminée des petites ouvrières parisiennes, émancipées aussitôt après l'enfance et qu'un travail rétribué insuffisamment ne préserve pas des tentations. Mais s'était-elle engagée avec préméditation dans l'allée où il s'était réfugié pour fuir la foule ? Il voulait espérer que non. Sans qu'il sût pourquoi, il la désirait indemne de cette action équivoque ; il était dans la disposition d'un homme qui deviendrait jaloux de lui-même, et souhaiterait à la fois gagner et perdre dans une partie où il serait le seul enjeu.

Cependant ce qu'elle dit le laissa perplexe :

— Pourquoi me demander la permission ? Le bois n'est-il pas à tout le monde ?

Ils continuèrent d'avancer l'un près de l'autre. Il y eut un moment de silence. Hérille mordillait sa moustache et pour la première fois se sentait timide ; la petite alors se mit à fredonner, puis elle courut arracher des graminées, elle s'engagea dans un sous-bois où les petites clochettes des muguets tremblaient dans leur cornet de verdure.

Hérille la suivit ; il la voyait de dos maintenant, toute mince et fragile, avec la lourde masse d'or de ses cheveux. Il eut une envie folle de la saisir par la taille, de mettre un baiser furibond sur sa nuque. Il n'osa pas.

Pourtant elle ne semblait point farouche; elle se retournait à chaque instant pour lui sourire. Ils firent ainsi beaucoup de chemin. Quand ils débouchèrent du bois sur l'esplanade de Vincennes, il était déjà six heures du soir.

— J'ai soif, dit la petite, j'ai trop couru.

Il lui offrit d'entrer dans un café près de là, elle refusa : il était tard, elle devait rentrer maintenant.

Mais, en le quittant, elle lui dit :

— A dimanche prochain, voulez-vous?

V

Malgré l'impression assez vive que lui avait causée cette rencontre, Hérille, deux jours après, n'y pensait plus. Sa vie de travail et de plaisir l'avait repris. Le courant ultra-positif dans lequel il était engagé ne lui permettait guère de s'abandonner à des songes creux. Il fallait assister au cours, piocher la matière des examens et, quand il y avait lieu, boire au succès de ses camarades.

En outre, il était décidé à prendre ses seize inscriptions et à poursuivre ses études de droit non seulement jusqu'à la licence, mais encore jusqu'au doctorat. Ses vieux parents, à qui il avait écrit pour leur soumettre ce projet, lui avaient répondu que plus il obtiendrait de distinctions, plus ils seraient fiers et contents. Il y avait encore quelques bons écus dans les sacs de treillis au Piolet, et les récoltes s'annonçaient magnifiques.

Pour célébrer cette heureuse détermination, les proches amis d'Hérille organisèrent un banquet dont les frais devaient naturellement retomber à sa charge. Cette seule raison l'eût empêché de se dérober, quand bien même il n'eût pas eu d'autre part le désir de faire acte de bonne camaraderie. Archambault, qui était l'ordonnateur de toutes les fêtes, proposa que les femmes en fussent cette fois exclues. « Quand elles sont là, disait-il, il faut s'occuper d'elles uniquement. On ne peut se livrer à aucune conversation sensée, ni émettre une seule idée sérieuse, sans leur voir faire une moue significative; ou bien, si elles prennent part à la discussion, c'est pire. Donc, pas de femmes ce soir; nous les retrouverons toujours, quand nous en aurons envie. »

Ils étaient une trentaine dans une salle de restaurant, dont les fenêtres ouvraient sur le boulevard. Hérille, au centre de la table, les présidait joyeusement. Il avait bien changé depuis qu'il avait quitté sa province, et ses amis de là-bas eussent pu à peine le reconnaître. Le petit paysan encore rustaud dans sa tunique de collégien était devenu un grand jeune homme mince et pâle aux yeux remplis de pensée, aux geste faciles. Au Quartier on l'appelait le Prince par plaisanterie, à cause de ses façons généreuses. Il parlait peu de lui-même habituellement, et ne livrait de son être que les couches superficielles; une pudeur le retenait d'en laisser voir le fond, où tant de remous s'agitaient. Pourtant, ce soir, dans la cordialité de cette réunion intime, au cours de laquelle chacun exprimait avec ardeur ses projets et ses désirs, il se laissait glisser à plus d'expansion. Il était heureux de découvrir chez ses camarades ces aspirations mal définies, ces élans contradictoires qui parfois, lorsqu'il s'examinait dans le secret de sa conscience, l'inquiétaient sur son propre état moral. Ainsi, c'était donc vrai? De quelque côté qu'ils vinssent, du nord, du midi, de l'Orient même, ces jeunes gens rassemblés sur ce point du globe pour se lester d'art ou de science avaient les mêmes tourments intimes, les même espoirs, les mêmes orgueils? Tous ils étaient avides de jouissances et de gloire; tous, tous ils se croyaient aptes à posséder la somme totale du bonheur comme ces enfants qui croient posséder l'Océan entier parce qu'ils ont tenu dans le creux de leurs mains quelques gouttes de ses ondes fugitives. Archambault seul faisait exception à la loi commune. Son implacable raison doublée d'une volonté forte ne se payait pas d'illusions mensongères. Il savait ce qu'il voulait et où il allait; il avait devant les yeux le point tangible, réel, immuable, le but auquel il visait. Ce Bourguignon taillé en hercule possédait à la fois l'initiative d'un homme du Nord et la souplesse d'un Méridional. « A quoi bon s'emballer? disait-il. Les meilleurs chevaux sont ceux qui gardent la même allure à l'arrivée qu'au départ. »

Cependant l'absence de l'élément féminin commençait à se faire sentir. On avait bu et mangé énormément, disserté à perte de vue sur tous les sujets. Un étudiant, nommé Calixte, proposa d'aller finir la soirée de l'autre côté de l'eau, dans un petit café concert près de la place de la Bastille. Hérille acquiesça le premier. Il avait la tête lourde et n'était pas fâché de prendre l'air. Pendant le trajet, ils déambulèrent en monôme, hurlant tous en chœur les refrains du Quartier. Hérille marchait devant et criait plus fort que les autres. Elles étaient loin, les chansons de son enfance, *le Bourgeois de Falaise* ou *les Gas!*

Bientôt le Génie de la Bastille se dressa devant leurs yeux, au sommet de sa colonne de bronze. Une petite étoile d'un bleu vif se balançait juste au-dessus. Les maisons, à l'entour, étaient déjà plongées dans le sommeil; la gare seule restait éveillée pour le service des trains suburbains.

— C'est dans la rue à droite, dit Calixte.

Ils firent irruption dans une salle oblongue peu éclairée, où se trouvaient dispersés quelques auditeurs d'une élégance médiocre ; le public était composé en grande partie des bourgeois et des boutiquiers du voisinage. Les «numéros» non plus ne devaient pas être de premier choix. Quand les jeunes gens entrèrent, un acrobate était en scène ; il se tenait en équilibre sur deux boules mobiles et s'évertuait à jongler avec des haltères en carton ; mais souvent l'un des haltères lui échappait des mains, et des sifflets partaient de tous côtés. Les étudiants, d'humeur débonnaire, jugèrent à propos de prendre son parti : ils criaient bravo frénétiquement à chacune de ses maladresses. Ses tours achevés, ils le firent revenir deux fois, trois fois, quatre fois. Jamais le pauvre artiste n'avait reçu pareille ovation ; à la fin, dans son trouble, ne sachant à quoi il devait son succès, et si c'était admiration ou moquerie, il éclata en sanglots ; de grosses larmes coulaient à travers ses joues frottées de fard ; ses jambes flageolaient davantage sur le plancher uni que sur les boules mobiles. Il voulut saluer encore, s'enchevêtra dans un portant et s'allongea rudement ; le rideau tomba sur cette souffrance.

Mais la représentation n'était pas achevée ; le programme comportait une seconde partie, qui selon toute probabilité devait être supérieure à la première. Après le temps fixé pour l'entr'acte, les gens en hâte regagnèrent leur place, et, comme on tardait, ils commencèrent à réclamer en tapant de leurs cannes sur le sol. Hérille, au milieu de son groupe, faisait à lui tout seul autant de bruit que tous les autres ; il était décidément en humeur de rire ; sa belle jeunesse, lâchée ce soir, s'ébrouait et fringuait comme une pouliche en liberté.

Ainsi qu'il arrive presque toujours, il avait suffi de la présence de quelques spectateurs bruyants pour que les habitués de la salle, plus tranquilles d'ordinaire, devinssent, eux aussi, agités et tumultueux. A présent les battements de cannes redoublaient, les appels et les cris d'animaux retentissaient dans une cacophonie assourdissante. Ce fut au milieu de ce vacarme que le rideau enfin se releva.

Il se releva sur une petite chanteuse ingénue, qui portait au programme le nom de Léa. Contrairement aux ingénues de tous les théâtres, celle-ci paraissait vraiment jeune, jeune et inexpérimentée, hésitante dans ses gestes et dans sa démarche. Évidemment, elle n'avait pas l'habitude de se montrer devant le parterre. Elle était jolie, cependant, et sa gaucherie lui seyait comme une grâce de plus. Malgré un maquillage inhabile, ses traits conservaient quelque chose d'enfantin et d'innocent ; elle avait les cheveux blonds, la bouche naïve sous une couche trop épaisse de carmin ; ses bras nus retombaient le long de son buste grêle ; ses épaules minces échappaient à l'échancrure d'un corsage de soie écarlate, qui ne semblait pas taillé pour elle. Et ce qu'elle chantait, non plus, ne semblait pas fait pour ses lèvres : c'étaient de grosses inepties, des sous-entendus obscènes qui, en passant par cette voix fraîche et pure, devaient paraître au public plus piquants. Et le public, en effet, témoignait de son contentement ; il soulignait de gros rires épais les moindres gestes de la chanteuse. Étudiants et bourgeois, au même diapason, savouraient le ragoût de cette primeur.

Hérille seul ne riait plus. Un doute singulier s'était emparé de son esprit aussitôt l'entrée en scène de l'enfant. Cette voix ! Cette voix d'un timbre si particulier, claire comme le cristal de roche, il lui semblait l'avoir déjà entendue quelque part... Oui, il en était sûr, cette voix, il l'avait entendue, elle était entrée dans ses oreilles, presque dans son cœur. Mais où ? dans quel lieu ? dans quelle circonstance ? Certains détails en la jeune fille le frappaient ; ces cheveux blonds, ce regard bleu, ne les connaissait-il pas aussi ? Il se livrait à de grands efforts pour que ces réminiscences vagues prissent corps dans sa mémoire et sortissent du brouillard qui les enveloppait. Tout à coup, à un mouvement que fit la chanteuse et qui la mit de profil, il crut avoir trouvé et sursauta. La petite ! La petite qu'il avait rencontrée au bois de Saint-Mandé le dimanche précédent ! Était-il possible que ce fût elle ? Certes, à ne consulter que la vraisemblance, cela paraissait tout à fait improbable. Pourtant la voix, la voix claire comme le cristal de roche, n'était-ce pas là, sous les feuillages de l'allée couverte, qu'il en avait perçu les modulations légères ? Et quant aux traits, à la figure, il lui était bien difficile de rien augurer de certain, étant donnée la différence des aspects sous lesquels cette double vision lui était apparue, d'abord le visage ombré d'un vaste chapeau, et maintenant masqué par le fard... Mais comment supposer que la promeneuse du bois de Saint-Mandé fût précisément cette chanteuse de café-concert, cette petite Léa ? De sa vie il ne savait rien ; il ne se souvenait même pas de lui avoir demandé son nom. Une curiosité vive l'envahissait en même temps qu'un peu de malaise. Ces bravos indécents, par lesquels on soulignait les polissonneries débitées par l'enfant, lui soulevaient le cœur de dégoût. Pour la première fois il souffrait dans un endroit de plaisir. Il s'apercevait de quelle boue ignoble et vile est pétrie la sensualité des hommes. Qu'allait-il faire maintenant ? Allait-il chercher à revoir la chanteuse dans les coulisses, à s'assurer de son identité ? Il hésita un instant. Le pressentiment que cette démarche aboutirait à quelque chose de douloureux l'arrêta. Si cette petite Léa était vraiment la promeneuse de Saint-Mandé, que lui dirait-il ? Et s'il s'était trompé, s'il était victime d'une de ces ressemblances avec lesquelles la nature se plaît à mystifier les humains, quelle figure encore ferait-il vis-à-vis d'elle ?

Il resta sur place, immobile ; il tenait ses mains serrées sur ses genoux pour se retenir de souffleter les gens autour de lui et ses camarades même, qui se livraient sur les charmes naissants de l'ingénue à des réflexions licencieuses.

VI

Il semblait à Hérille que le dimanche suivant n'arriverait jamais. La fin de la semaine s'écoula pour lui dans une anxiété grandissante. Cette petite Léa qui avait chanté au café-concert, était-ce bien la même qu'il avait rencontrée dans le bois de Saint-Mandé ? Si cela était, quand ils en viendraient aux inévitables confidences, lui dirait-elle toute la vérité, serait-elle sincère avec lui ? Hérille, bien qu'il n'eût pas conservé beaucoup d'illusions sur ce point, était bâti de cette singulière façon que la sincérité lui semblait indispensable au bonheur et même au plaisir.

Ce fut surtout la matinée du dimanche qui lui parut interminable. Vers onze heures, n'y tenant plus, il se décida à se mettre en route ; de cette façon il attendrait sur place, et cela lui semblerait moins long. Qui sait même si la jeune fille ne se rendrait pas un peu à l'avance au rendez-vous qu'elle lui avait assigné ? Qui sait si une circonstance fortuite ne l'éclairerait pas lui-même sur le problème dont il était si fort tourmenté ? Il s'habilla à la hâte et, pour éviter de rencontrer des camarades qui ne manqueraient pas de vouloir l'entraîner ailleurs, il rejoignit par un détour le tramway de Vincennes.

En route, il réfléchit sur lui-même et s'étonna de se trouver si agité. Jamais son cœur n'avait battu aussi violemment. Il n'en était pas cependant à sa première aventure amoureuse ; mais combien banales elles avaient été jusqu'alors, ces aventures ! Un pressentiment secret l'avertissait que celle-ci ne ressemblerait pas aux autres. Était-ce vrai ? Allait-il enfin connaître l'amour, le véritable amour, celui qui envahit l'être entier et triomphe de tous les obstacles ? Ce sentiment, bien qu'il ne l'eût pas encore ressenti, il le possédait en lui secrètement ; il en savait toute la valeur, et dans les profondeurs obscures de son être, comme dans les entrailles d'un sol encore inexploré, le précieux filon demeurait enfoui.

Il descendit avant l'arrivée, dès les premières verdures. Les promeneurs étaient rares encore ; d'ailleurs, le temps ne se prêtait guère aux parties de campagne ; il avait plu pendant la nuit, et des gouttelettes restaient suspendues à l'extrémité des feuillages. Hérille se dirigea vers l'allée couverte où il avait déjà rencontré la jeune fille. Quelle délicieuse fraîcheur y était enfermée ! Il y avait sur le sable de petites rides vermiculaires que nul pas indiscret n'avait effacées. Malgré la proximité de la grande ville, on eût pu se croire loin, très loin, tant le silence était complet dans ce coin de nature resté sauvage. Hérille, à mesure qu'il avançait dans le mystère, songeait davantage à l'énigme de son propre cœur. Il voyait devant lui marcher la promeneuse blonde, l'inconnue en qui pour l'instant s'incarnait son rêve fragile de bonheur. Et il redoutait et désirait à la fois cette épreuve décisive du revoir.

Cependant, comme il avait encore assez longtemps à attendre, il se rendit du côté du lac pour déjeuner. Un restaurant rustique y était installé. Dans la salle, tout proche de l'eau, quelques couples mangeaient de bon appétit. Hérille chercha une table isolée, et, n'en trouvant point, il pénétra dans un petit cabinet de verdure. Aussitôt l'idée lui vint qu'on serait merveilleusement là, à deux, pour causer dans l'intimité du tête-à-tête. En même temps, il se souvenait de l'exclamation qui avait échappé à la jeune fille, le dimanche précédent, au moment où ils s'étaient quittés : « Que j'ai soif ! J'ai trop couru ! » et il se promettait de prendre l'initiative, cette fois, de l'amener ici se reposer, se rafraîchir, après qu'ils auraient cheminé ensemble à travers bois. Oui, véritablement, ce cabinet de verdure était délicieux; le lac s'étendait devant, avec son île peuplée d'arbres magnifiques; sur les rives, plusieurs familles, tentées par un rayon de soleil tardif, s'étaient assises et festoyaient en plein air; et c'était exquis de participer au charme du paysage, tout en se sentant à l'abri des promiscuités banales. Comme se serait plus exquis encore, quand *Elle* serait là, la main dans la sienne et la tête peut-être abandonnée sur son épaule !

Il frissonna. L'image lui était apparue de l'autre, de celle qui avait chanté, pour la plus grande joie d'un public grossier, des couplets écœurants de bêtise et de turpitude. Certes, celle-là, il ne la désirait point; une grande pitié d'elle cependant lui venait, une pitié dans laquelle il sentait se former une vague tendresse, tant le contraste était flagrant entre l'être moral de cette ingénue et les gestes et les paroles qu'on lui avait appris à répéter. Le même doute attristant et contradictoire s'étendait à sa rencontre avec la promeneuse. Pour la centième fois depuis huit jours, il se demandait si elle l'avait rejoint dans le bois avec intention ou si un hasard seul les avait fait se retrouver en présence. Mystère !... Mais tout cela bientôt allait s'éclaircir.

L'heure du rendez-vous était arrivée. Hérille se dirigea d'un pas fiévreux vers l'allée couverte. Du premier coup d'œil, il vit qu'il allait être seul. Une inquiétude le prit : si elle n'allait pas venir pourtant ! A présent qu'il repassait le peu qui avait été échangé entre eux, il s'étonnait que sur ce peu il eût bâti un édifice aussi formidable,

l'édifice de son bonheur ! Mais elle, ne l'avait-elle pas oublié ? Que de choses dans le cours d'une semaine avaient pu effacer de la mémoire d'une jeune fille étourdie le souvenir du modeste étudiant qu'il était ! Il avait conscience d'avoir fait près d'elle médiocre figure, d'avoir été trop concerté, trop discret, avec une pointe de méfiance. Et quand elle l'avait quitté en lui disant : « A dimanche prochain, voulez-vous ? » c'était à peine s'il avait formulé quelques paroles d'acquiescement.

Maintenant il se repentait de sa réserve. Si elle ne venait pas, ce serait sa faute à lui, son unique faute. Mais pouvait-il prévoir que cette simple rencontre prendrait dans son imagination une telle place ? dans son imagination et peut-être aussi dans son cœur ?

Tout à coup il se retourna; il venait d'entendre un pas léger troubler le silence des feuilles, et il se trouva face à face avec elle. Elle n'avait plus la même robe mauve ni le même large chapeau dont il avait gardé l'image dans sa pensée, et cela le déconcerta, comme si une troisième forme d'elle s'était présentée devant lui. Allait-il retrouver sous cet aspect impévu la première ou la seconde Léa ?...

Elle lui avait souri et lui avait tendu sa main assez haut gantée d'un suède défraîchi; et familièrement, comme si elle l'avait connu de toujours, elle lui demandait de ses nouvelles.

— Ça va bien ? Vous ne vous êtes pas trop ennuyé à m'attendre ?

Il répondit que non et fut sur le point de lui demander à son tour pour quel motif elle était en retard. Mais elle avait repris la parole :

— J'ai été retenue au moment de partir. Pourtant je n'avais pas oublié, Non, je n'avais pas oublié, ajouta-t-elle à voix basse.

Il la regarda profondément. Dans la pénombre de l'allée il distinguait mal l'expression de ce visage mobile, dont les traits avaient encore l'indécision de l'adolescence. Tout à coup l'idée lui vint de savoir d'elle quelque chose de plus.

— Quel âge avez-vous ? fit-il.

— Dix-huit ans.

— Et... votre nom ?

Allait-elle dire *Léa* ? C'était ainsi qu'il la désignait dans sa pensée. Mais elle le regarda en souriant et lui répondit aussi :

— Thérèse.

Il respira. Le doute néanmoins persistait en lui. Il la prit par la main et vite il la conduisit hors de l'allée ténébreuse.

Chemin faisant, elle parla. Bien qu'elle eût le rire facile, il y avait de la mélancolie, comme une tristesse, cachée au fond de ce rire. Un imperceptible pli de douleur, par moments, se formait à la commissure de ses lèvres ; sur ses tempes délicates des fils menus s'entre-croisaient, qui n'étaient visibles qu'à certains mouvements de son visage.

Hérille ne la quittait pas du regard. A la fin elle s'en aperçut et, gênée :

— Quel rébus cherchez-vous donc à deviner sur ma figure ?

— Aucun, fit Hérille ; je cherche à vous reconnaître seulement.

— Ah ! Parce que j'ai mis un autre chapeau ?

Et lestement, d'un tour de main, elle se décoiffa. Sa chevelure d'or pâle reçut un rayon de soleil mourant. Sans rien dire, Hérille la conduisit vers le restaurant du Lac. Quand ils furent devant la porte, il demanda timidement :

— N'avez-vous pas soif, aujourd'hui ?

— Oh ! si, j'ai soif, toujours soif !

Ils entrèrent, ils s'installèrent dans le petit cabinet de verdure où Hérille avait déjeuné seul. On leur servit de la bière, que Thérèse — ou Léa — but à longs traits. Elle avait ôté ses gants. Hérille lui prit de nouveau la main et s'étonna de la trouver brûlante.

— C'est que j'ai la fièvre, dit-elle simplement.

Alors, comme si elle eût prévu d'autres questions d'Hérille, tranquillement, toujours avec son pâle sourire, elle se mit à lui raconter sa vie : elle avait perdu sa mère étant toute petite ; quant à son père, elle ne l'avait jamais connu. A quinze ans, ayant quitté l'orphelinat où elle avait été élevée, elle était entrée comme apprentie dans une fabrique de carton-pâte, ici même, à Saint-Mandé. Après deux années d'apprentissage, elle était passée ouvrière.

— Vous y travaillez tous les jours, à cette fabrique ? demanda Hérille.

— Tous les jours, excepté le dimanche, depuis huit heures du matin jusqu'à cinq heures du soir.

— Et vous n'avez pas d'autres ressources ?

La voix d'Hérille tremblait un peu. Peut-être allait-il enfin savoir !

Elle le regarda bien en face, les coudes appuyés sur la table et son visage aux paumes de ses mains.

— Comment pourrais-je manger, me vêtir, me loger, avec les trois francs par jour que je gagne ? Trois francs par jour, ça fait dix-huit francs par semaine, soixante-douze francs par mois, et quand on n'a personne derrière soi pour vous aider...

Il y eut un silence. Hérille n'osait plus regarder la jeune fille ; au fond de ces clairs yeux fixés sur lui, il avait aperçu tant de douloureuse misère que son cœur en restait serré.

— Il faut bien vivre ! répéta-t-elle, en haussant légèrement ses épaules étroites. D'abord, pour augmenter mon gain, j'ai voulu travailler le soir dans ma chambre ; je sais broder assez bien, mais l'ouvrage manque le plus souvent. Alors un jour quelqu'un qui m'avait entendue chanter à l'atelier m'a dit que j'avais une jolie voix...

Hérille eut un léger sursaut. Elle le regarda avec étonnement.

— Une jolie voix, continua-t-elle de son ton tranquille, et que je pourrais chanter dans un de ces concerts de quartier, où l'on n'est pas très difficile pour le choix des artistes. Et en effet je me présentai : on me fit travailler un peu, répéter des romances... et maintenant, je chante trois fois par semaine. Ce n'est pas grand'chose, mais c'est toujours un peu plus d'argent de gagné.

Ainsi, il ne s'était pas trompé. C'était bien elle, la même, Léa ! Et le doute n'était plus possible sur l'innocence de la fillette jetée brutalement par le sort au milieu des plus dangereuses traverses.

VII

Ce qui s'était d'abord esquissé comme une aventure sans conséquence avait pris corps et était devenu une passion tyrannique à laquelle ni l'un ni l'autre ne songeait à se soustraire. Maintenant Léa et Hérille se voyaient plusieurs fois par semaine ; le soir, ils dînaient ensemble, quand elle ne chantait pas au concert. Ils se rencontraient tantôt à Saint-Mandé, tantôt à Paris, et s'abordaient toujours avec le même ravissement de se revoir. Mais des obstacles souvent les séparaient. Souvent Léa arrivait en retard, avec un souci sur son visage ; aussitôt qu'elle apercevait Hérille elle redevenait souriante : ses traits expressifs passaient avec une mobilité extrême de l'abattement à la joie. En vérité, Hérille continuait à discerner en elle plusieurs aspects, sous lesquels il l'aimait avec une égale ferveur.

Et pourtant Léa était la simplicité même. Si parfois elle paraissait compliquée, c'était que les différentes occupations de sa vie lui modelaient tour à tour un extérieur différent. Mais, revenue à sa nature primitive, elle retrouvait cette grâce enfantine et douce qui avait charmé Hérille lors de leur première rencontre. Dans leurs promenades du dimanche, elle courait à travers champs comme une petite fée des verdures; elle chantait comme un oisillon dans l'air léger et de soleil.

En la comparant aux maîtresses de ses amis, Hérille se réjouissait de la voir si peu pareille aux autres femmes; celles-là, maintenant, il ne pouvait plus en supporter le contact; toutes lui paraissaient laides et triviales; leurs infidélités, auxquelles personne ne semblait attacher d'importance, le révoltaient comme un outrage à l'amour. L'amour, il le possédait, il le connaissait enfin dans sa plénitude! De ce que Léa avait été sincère avec lui, ne lui avait rien caché des côtés misérables de sa vie, il lui avait voué une affection passionnée et la plus ardente des tendresses. Il se considérait comme lié à elle par quelque chose de plus fort que des attaches purement matérielles.

Elle était intelligente et du peu qu'elle avait appris dans l'orphelinat où elle avait été élevée elle s'était formé un petit noyau de savoir qui la rendait très supérieure à son humble emploi d'ouvrière. Il lui arrivait quelquefois de s'intéresser aux études d'Hérille, de l'interroger doucement sur les sujets qu'il avait travaillés dans la journée.

— Tu ne comprendrais pas, disait Hérille en souriant; rien n'est plus opposé que le droit aux aptitudes d'un cerveau féminin.

Alors elle lui confessait que ce qu'elle aimait surtout, c'était de l'entendre causer avec elle, comme avec une personne sérieuse, une amie. Elle se blottissait tout près de lui, contre son épaule, et elle le regardait à mesure que les mots tombaient de ses lèvres. Et lui, de son côté, il était reconnaissant à Léa de ne pas l'éloigner du but qu'il s'était fixé, car ses ambitions n'étaient pas éteintes. Le dualisme de sa nature persistait à travers cette violente crise passionnelle, et lui faisait rechercher avec une égale ardeur les satisfactions que donne le succès et celles que donne l'amour.

Un matin qu'il travaillait dans une bibliothèque du quartier, il vit venir à lui Archambault. Le Bourguignon avait le visage altéré; sa haute taille vacillait à droite et à gauche comme poussée par une houle intérieure. De la colère était dans ses yeux. Il mit la main sur l'épaule d'Hérille :

— Viens, sortons; j'ai deux mots à te dire.

Hérille le suivit. Dans la rue, il s'expliquèrent.

— Est-il vrai, dit Archambault, que tu es au mieux avec une petite qui se nomme Léa?

Hérille tressaillit. Il avait tenu secrète cette liaison par une sorte de pudeur morale, et surtout par cette prudence instinctive qui porte les amants foncièrement épris à dissimuler leur bonheur. De quel droit Archambault, brutalement, se permettait-il de l'interroger? Il s'écarta de son ami et répondit d'une voix rauque :

— Je me demande, en tout cas, ce que cela peut bien te faire?

— Voici, reprit Archambault; tu sais que d'habitude je ne me tourmente guère au sujet des femmes, mais je n'aime pas qu'on me coupe l'herbe sous le pied. Or je me suis mis en tête d'avoir cette petite, et je l'aurai. Depuis que nous l'avons entendue le jour où Calixte nous a conduits à ce concert de la place de la Bastille, elle me trotte par la cervelle. Hier soir, je suis allé l'attendre à la sortie de son caboulot; je lui ai offert de venir souper, mais elle a refusé avec des airs de princesse : « Je ne suis pas libre, pas libre du tout! » m'a-t-elle dit. Alors je l'ai suivie sans qu'elle pût s'en douter, et je l'ai vue entrer dans la maison où tu habites. Est-ce chez toi qu'elle allait?

— Oui, c'est chez moi, répondit Hérille.

Il espérait que cette déclaration loyalement faite à un camarade qu'il aimait couperait court à toute discussion; mais Archambault le prit par le bras et familièrement :

— Écoute : entre nous, cela ne tire pas à conséquence; une fille comme cette petite-là, qui s'exhibe dans un café-concert, appartient à tout le monde, en somme; laisse-la venir souper ce soir avec moi, — à charge de revanche. Veux-tu?

Il allait continuer ses instances, mais la main d'Hérille brusquement s'abattit sur son visage; le bruit du soufflet retentit comme un claquement de fouet dans l'air de cette calme matinée d'été, et les fit l'un l'autre se regarder avec un étonnement mêlé de stupeur. En même temps, des étudiants qui sortaient de la Bibliothèque se groupaient autour d'eux. L'intimité d'Archambault et d'Hérille était connue de tous au Quartier; on la savait basée sur des dons communs d'intelligence et de franchise, et on la respectait autant que l'on estimait les deux jeunes gens. Alors quel était, quel pouvait être le motif de leur querelle? Pourquoi

Hérille, de qui les mœurs étaient pacifiques, avait-il fait à Archambault cette injure de le souffleter publiquement?

On épiloguait sur l'incident. Cependant Archambault rompit le premier le silence; il redressa sa haute taille et jeta à Hérille ces simples mots:

— Nous nous retrouverons.

— Messieurs, dit Hérille à ceux qui étaient là, et assez haut pour qu'Archambault pût l'entendre, il s'agit d'une querelle sur un point de droit, qui s'est envenimée jusqu'où vous avez pu voir. Mais je ne regrette pas mon mouvement et je suis prêt à rendre raison à mon camarade.

Ils s'éloignèrent dans des directions opposées, suivis chacun par quelques-uns de leur amis.

— Tu devrais faire des excuses à Archambault, dit un étudiant à Hérille; en somme, c'est toi qui l'as offensé. Il ne dépend que de ta volonté que les choses en restent là.

— Je ne ferai pas d'excuses et je me battrai, répondit froidement Hérille.

L'arme choisie avait été l'épée de combat. On devait se rencontrer au petit jour, sur un terrain vague, derrière le cimetière Montparnasse. Tout ce qu'avaient pu tenter les témoins pour amener les deux adversaires à résipiscence avait été vain; bien qu'Archambault eût déclaré se contenter d'un mot de réparation, Hérille s'entêtait à vouloir le duel. Il était prévenu que son rival était le plus fort, non seulement à cause de son extraordinaire musculature, mais parce que chaque jour, depuis des années, il faisait deux heures d'escrime chez un des premiers prévôts de Paris; lui, au contraire, n'avait jamais paru dans une salle d'armes, et encore à l'heure actuelle il eût manié plus facilement une pioche qu'une épée. Il n'hésitait point cependant, et semblait éprouver à l'idée de se battre avec son meilleur ami une joie féroce.

— Allez, messieurs!

Le signal à peine donné, ils se précipitèrent l'un contre l'autre. Ils n'avaient con-

servé qu'un mince plastron de laine sur la peau, et leur torse se modelait, à travers la trame tendue de l'étoffe. Hérille apparut alors à ses compagnons beaucoup plus robuste qu'ils ne l'avaient supposé: s'il n'était pas taillé en hercule comme Archambault, il devait posséder une admirable souplesse, la vigueur native du paysan, imbibé des sucs de la terre. Tous ses mouvements, malgré son inexpérience, étaient d'une précision admirable; il résistait avec adresse aux attaques savantes d'Archambault. Certes, aucune crainte, aucune arrière-pensée ne devait préoccuper son âme; tout ce qu'il avait de puissance vitale était rassemblé dans le geste de son poignet nerveux auquel l'épée docile obéissait. A la fin, cependant, Archambault le toucha légèrement à l'épaule et le sang jaillit. Hérille voulait continuer quand même; mais les témoins, d'un commun accord, s'y opposèrent et les dépouillèrent de leurs armes. Archambault alors tendit la main à Hérille, et d'un même élan, repris par leur fraternelle amitié, ils se jetèrent dans les bras l'un de l'autre et s'embrassèrent.

VIII

Cependant cet incident, en éveillant la jalousie d'Hérille, l'avait induit à réfléchir. Bien qu'il fût certain de la fidélité de Léa, il ne jugeait pas moins prudent de soustraire la jeune fille aux inconvénients de sa position. Sous l'influence de l'amour heureux, elle gagnait chaque jour plus de charme; elle se développait et s'épanouissait en beauté, comme une plante qui, après avoir été longtemps privée de lumière, reçoit enfin les tièdes baisers du soleil. Maintenant, il avait pris l'habitude d'aller l'attendre tous les soirs à la sortie du concert; quelquefois même, il entrait dans la salle et la regardait de loin. Les bravos qu'elle recevait lui retombaient en durs grêlons sur le cœur. Il avait honte de sentir sur elle tous ces yeux, de surprendre autour d'elle tous ces sourires. Il s'irritait de voir ce doux visage recouvert de fard, ces lèvres si ardemment baisées, maculées par une couche épaisse de carmin. Et qu'elle fît pour un instant la joie de tous, qu'elle offrît en régal aux instincts grossiers de la foule un peu de ce corps qui était à lui, cela semblait à Hérille une profanation dont sa dignité souffrait autant que son amour.

Cependant, il évitait de rien montrer de cette souffrance; il l'oubliait même aussitôt qu'il pouvait se retrouver seul avec Léa. Alors il l'emmenait le plus loin possible, comme si l'éloignement eût été un moyen de mieux la faire sienne, de la posséder plus étroitement. Par les longues journées de juillet, ils éprouvaient l'un et l'autre le même plaisir à demeurer en face de quelque paysage champêtre, à se griser des effluves de la terre. Mais l'heure de la séparation arrivait toujours trop vite: dans la poignée de main qu'ils échangeaient avant de se quitter tenait toute l'inquiétude d'un adieu et l'immensité d'un regret.

Un dimanche, ils avaient refait à Saint-Mandé le pèlerinage de leur première rencontre; ils avaient déjeuné au restaurant, près du lac, et ils s'étaient longuement promenés dans l'allée couverte. Puis, au hasard, ils avaient suivi un sentier qui s'enfonçait dans la partie la plus agreste du bois; au-dessus, dans le fond mobile des feuillages, des maisons s'étageaient encore, mais plus rares, plus espacées, abritées comme des nids parmi l'épaisseur des verdures. Léa, qui trottinait devant Hérille, avec ce léger balancement des hanches qui lui était particulier, se retourna tout à coup:

— Oh! Regarde là-bas, à l'extrémité de la route, ce petit chalet suisse couvert de glycines. Je ne l'avais pas encore aperçu.

Hérille se pencha sur l'épaule de Léa et son front toucha la nuque blonde, dont le parfum l'avait si souvent enivré.

— Je vois, dit-il enfin. Même les persiennes sont closes. Veux-tu que nous avancions jusque-là?

Ils cherchèrent comment y aboutir. Mais le sentier où ils s'étaient engagés finissait brusquement dans des broussailles. Ils durent revenir sur leurs pas: Léa continuait à marcher la première, babillant et sautant comme un oiseau. Tout à coup elle s'arrêta:

— Tu ne m'écoutes pas? dit-elle à Hérille.

Et se jetant à son cou, moitié boudeuse, moitié riante:

— A quoi penses-tu? A quoi penses-tu?

— Je te le dirai tout à l'heure, répondit Hérille.

Elle comprit, à l'air mystérieux de son visage, qu'il méditait quelque surprise à lui faire et n'insista pas. D'ailleurs, ils avaient fini par regagner la route et le chalet était devant eux. Ainsi que l'avait remarqué Hérille, les persiennes en étaient closes; une glycine mauve, aux longues grappes, retombait sur l'encadrement des fenêtres; tout autour, la végétation était épaisse, comme si, depuis plusieurs saisons, la serpe d'un jardinier ne s'y fût promenée. Une grille, où pendait un cordon de sonnette en fer rouillé, s'étendait le long de l'étroite façade, qui servait d'appui à un fouillis de jasmins et de clématites.

— Si nous demandions à entrer? dit Hérille.

Léa se mit à rire.

— Pourquoi faire? D'ailleurs, il ne doit y avoir personne!

Malgré cette remarque, Hérille avait déjà tiré la sonnette; un peu après, un pas traînant se fit entendre et une femme vieille vint ouvrir.

— Qu'est-ce que vous voulez? dit-elle.

Alors Hérille, que Léa confuse retenait par le pan de son veston, interrogea:

— Il est à louer, ce chalet?

— Bien sûr que oui. Il y a même assez longtemps!

— Peut-on visiter?

La vieille grogna un peu; puis elle tendit à Hérille un trousseau de clefs qui pendait sous son tablier.

— Tenez, allez-y vous-mêmes; la grosse est celle de la porte d'entrée.

Elle s'éloigna et disparut dans un petit pavillon bas, qui était à gauche de la grille, et où elle devait sans doute accommoder son dîner, à en juger par l'odeur de cuisine qui s'en exhalait.

Hérille et Léa entrèrent dans la maison. Leur premier soin fut d'échanger un long baiser, comme toujours quand ils se retrouvaient seuls. Puis ils regardèrent tout en détail, et tout leur parut charmant.

— Quel joli nid d'amoureux cela ferait! soupira Léa.

Hérille l'attira contre lui:

— Et si ce nid était le nôtre?...

Elle était devenue toute pâle d'émotion.

— Pourquoi y songer? puisque cela est impossible.

Impossible! Non, cela ne l'était point. N'étaient-ils pas libres tous les deux? Ce coin du bois de Saint-Mandé, si isolé qu'il parût, n'était pas le bout du monde. De là, Léa pourrait continuer à travailler dans son atelier chaque jour et Hérille à suivre ses cours à l'École. Et certainement leur vie ainsi réglée ne serait pas plus onéreuse que que celle qu'ils menaient à Paris.

— Mais, objecta Léa, il y a mon concert. Tu n'y penses pas.

— Y tiens-tu donc beaucoup ? demanda Hérille.

Léa le regarda ; des larmes lui étaient venues aux yeux ; puis tout à coup elle éclata en sanglots, et son cœur tout entier se vida. Ah ! non, certes, elle n'y tenait pas à s'exhiber ainsi en public, à chanter ces chansons ineptes ! Cela jamais n'avait été sa vocation. Elle se demandait même comment elle pouvait endurer tant de promiscuités, subir tant de contacts humiliants qui lui faisaient horreur quand elle y songeait.

— Tu ne les subiras plus, dit Hérille.

Ils descendirent dans le jardin. Des fleurettes croissaient parmi l'herbe haute ; quelques arbres projetaient librement leurs feuillages dans l'air léger. Un ciel clair s'étendait sur cette douceur. Hérille murmura à l'oreille de Léa des vers de Victor Hugo qui lui revenaient à la mémoire :

> Vivre ensemble d'abord, c'est le bien nécessaire
> Et réel.
> Après, on peut choisir, au hasard, ou la terre
> Ou le ciel.

IX

Leur existence s'était organisée tout de suite selon leurs goûts communs de tranquillité et de solitude. Le matin, ils quittaient ensemble le chalet, pour se rendre directement à leur travail. Vers cinq heures ils se retrouvaient, et Léa venait attendre Hérille à la gare de Saint-Mandé. De loin, penché à la portière du wagon, il l'apercevait, coiffée d'un simple chapeau de mousseline, sa taille, si mince et adolescente encore, enfermée dans une blouse claire, et tant de clarté aussi sur son visage, tant de lumineuse et ardente affection ! Ceux qui les auraient vus se jeter dans les bras l'un de l'autre auraient pu croire que très longtemps ils avaient été privés de s'étreindre ; et cependant leur séparation ne datait que de quelques heures ; mais c'était des heures d'éternité celles qu'ils ne passaient pas ensemble, et le temps ne recommençait à compter pour eux que lorsqu'ils étaient réunis.

Ils se prenaient le bras et, avant de rentrer chez eux, ils allaient faire un tour sous les frais ombrages. Jamais aucun été n'avait paru aussi charmant à Hérille ; il en savourait pleinement la douceur et ses poumons se gonflaient d'une félicité de vivre qu'il n'avait pas encore ressentie aussi intense. Tout ce qu'il y avait en lui d'émotion heureuse correspondait à l'universelle joie des choses, partout répandue. Il se souvenait d'une parole de l'Écriture qu'il avait souvent entendu répéter dans des prédications : « Si vous ne redevenez pas comme un petit enfant, vous n'entrerez pas dans le royaume des cieux. » Et il sentait qu'il était redevenu simple comme un enfant, que son cœur s'était renouvelé par l'amour et qu'à cause de cela il entrait en communion avec tout ce que la nature renferme de primitive et éternelle beauté.

Souvent il était tard quand ils regagnaient le chalet. La vieille gardienne leur préparait à souper ; mais Léa mettait elle-même la table dans le jardin sous un berceau de chèvrefeuilles. Ils s'asseyaient l'un en face de l'autre, tout en continuant la conversation commencée. Car les sujets de causerie entre eux étaient intarissables et, comme tous les amoureux, c'était d'eux-mêmes exclusivement qu'ils s'occupaient. Mille puérilités, mille détails insignifiants prenaient de l'importance à leurs yeux, parce qu'ils se rattachaient à l'histoire de leur commune tendresse — « T'en souviens-tu ? T'en souviens-tu ?... » Ils recherchaient jusqu'aux moindres réminiscences qui pouvaient jeter une lueur nouvelle sur ce mystère délicieux de leur amour.

Un soir qu'ils avaient achevé de souper et qu'ils prolongeaient à plaisir le doux tête-à-tête sous les arceaux embaumés des chèvrefeuilles, Léa se mit à fredonner légèrement.

— Oh ! cet air ! dit Hérille ; combien il me rappelle de choses ! C'est celui que tu chantais la première fois que nous nous sommes rencontrés, près du lac, dans l'allée couverte. Tu portais une robe de percale mauve et un grand chapeau de paille garni de pavots.

— Oui, dit Léa, et toi, tu tenais un livre sous le bras et tu t'avançais, le front baissé : qui nous eût dit à ce moment que nous deviendrions ce que nous sommes devenus, deux amis inséparables ?

— C'est vrai, fit Hérille songeur.

Il souriait ; mais en même temps une ombre passait sur son visage. L'ancien doute auquel longtemps il s'était arrêté lui revenait à l'esprit : comment se faisait-il que Léa l'eût ainsi rejoint dans ce lieu solitaire? Était-ce hasard, volonté, préméditation? et dans quel but? Malgré l'intimité qui les réunissait maintenant, il n'osait pas encore l'interroger, par délicatesse, et aussi par une vague inquiétude de toucher à ce point obscur sur lequel tout leur bonheur s'était établi. Cependant Léa — on eût dit qu'elle allait au-devant de ses préoccupations secrètes — continuait à évoquer la scène de leur rencontre :

— Qu'as-tu pensé lorsque tu m'a vu marcher à côté de toi dans l'allée? T'es-tu dit : voilà une jeune fille qui est bien hardie de s'aventurer dans ce coin isolé du bois?

— Non! répondit Hérille. J'étais dans une disposition singulière ; j'avais fui la foule et je me réjouissais d'être à l'écart. Pourtant ton apparition ne m'a pas causé de surprise ; il me semblait même que je l'attendais.

Ils se turent. Le soir descendait sur eux ; ils ne distinguaient que confusément sur la table les objets familiers, et dans leurs visages ils ne voyaient plus que leurs yeux luire. Alors tout à coup Hérille se décida à parler :

— Et toi, que pensais-tu, en t'avançant ainsi auprès de moi?

Et se reprenant, craignant déjà d'en avoir trop dit :

— Tu m'avais aperçu, et la fantaisie t'avait pris de faire un bout de chemin avec cet homme qui paraissait devoir être un aimable compagnon, n'est-ce pas? C'est triste d'être seule, quand autour de soi tout le monde est en gaieté?

Mais elle répondit à voix basse :

— Non, Hérille. Je n'avais même pas vu ton visage, je n'avais même pas désiré causer avec toi. Tu étais pour moi le passant, le premier venu, pareil à tant d'autres...

Deux larmes qu'elle ne vit point coulèrent des yeux d'Hérille. Elle se jeta à son cou éperdument :

— Oh! mais depuis comme je t'ai aimé! Comme tout à changé dans ma vie! Comme tes baisers et tes caresses sont devenus le Paradis pour moi! Oh! Hérille! Mon Hérille!

Ils s'étreignirent. Un grand besoin de tendresse montait dans leurs cœurs, un si grand besoin de tendresse qu'ils en oubliaient cette fois les délices charnelles pour rester, immobiles et enlacés ainsi, dans la purifiante paix de cette nuit d'été, sous les étoiles. Le cœur de Léa battait contre celui d'Hérille, son corps frêle palpitait sur lui comme un oiseau, et il songeait à la mystérieuse desti-

née qui n'avait pas voulu l'amener entre ses bras, parce que lui-même sans doute n'en était pas digne.

Mais peut-être l'aimait-il davantage encore, telle qu'elle venait de se révéler à lui. Où rencontrer une âme plus délicate, un caractère plus naturellement exquis? Sa sincérité surtout le ravissait. Jamais un mensonge n'avait dû sortir de ses lèvres. Elle était humble, simple et douce, incapable de machiner aucune trahison. Elle avait avec lui des pudeurs qui n'étaient point feintes, qui éclosaient du fond même de sa nature, parce qu'elle l'aimait. Et maintenant, bien qu'ils vécussent dans l'intimité la plus étroite, elle gardait comme une nuance de réserve chaste, qui était comme l'épanouissement de sa dignité féminine — revenue.

X

Cette vie était d'une si harmonieuse douceur que, pendant longtemps, Hérille n'en avait pas senti la monotonie. Il s'était organisé au chalet un cabinet de travail avec sa petite bibliothèque d'étudiant. Souvent, il restait là des jours entiers sans aller à Paris, en face de Léa, qui brodait silencieusement. Quand il avait assez pâli sur ses livres, il prenait la jeune fille par la taille et l'emmenait dans le jardin : « Chante-moi quelque chose », lui disait-il; et Léa chantait. Mais jamais les refrains grossiers du café-concert ne revenaient sur ses lèvres. Elle savait de jolies romances, un peu naïves, qu'on lui avait apprises quand elle était à l'orphelinat. Sa voix de cristal, pure et haute, ne cessait pas de le ravir. Il l'écoutait le front dans ses mains, délicieusement bercé par cette musique de la voix de sa maîtresse, évocatrice de tant d'infinies voluptés — et, par les secrètes harmonies du jardin en fête, accordées à celles de son cœur débordant d'amour.

Mais à mesure que les jours se succédaient, Hérille travaillait avec plus d'acharnement ; à peine prenait-il le temps de manger, sans même quitter des yeux les pages de ses in-folio. Le plus souvent, il se faisait apporter son repas sur la table même où il préparait les longues pages de sa thèse : *De l'idée du Droit chez les Barbares.*

Ce sujet le passionnait : il y trouvait matière à d'ingénieux développements. Pour la première fois, ses idées personnelles avaient occasion de se faire jour, et c'était pour lui une jouissance incomparable que de les revêtir d'une forme plastique, de les considérer à travers le prisme des mots. Telles, elles lui apparaissaient plus belles, mieux saisissables, comme des visions qui auraient pris corps et se seraient individualisées ; et pour ces créatures nouvelles, il se passionnait autant que pour des amantes véritables ; elles étaient devenues les rivales de Léa ; elles cohabitaient avec lui et hantaient même ses rêves. Oh ! combien intensivement il ressentait leur séduction, le pouvoir secret de leur charme ! Être amoureux de ces entités nobles et sereines ! frissonner de ce frisson du cerveau qui est peut-être la plus forte secousse de volupté qu'un être viril et sain puisse ressentir. A côté de cette puissante émotion, les autres jouissances lui paraissaient importunes. Mais son cœur restait attaché à Léa ; il l'aimait pour le bien qu'il lui avait fait et pour la tendresse qu'il trouvait en elle.

Cependant, ses camarades le raillaient sur ce qu'ils appelaient sa « passion chronique » ; ils disaient avec affection, devant lui, que les meilleures de ces plaisanteries-là sont celles qui durent le moins. Archambault, surtout, le sermonnait :

— Tu perds ta jeunesse, lui disait-il en levant les épaules ; le jour où tu voudras rentrer dans la lutte, tu ne trouveras plus que des visages inconnus autour de toi. Sais-tu combien de chances heureuses de ta destinée tu laisses passer ainsi, en te renfermant dans la solitude ?

Au fond, Hérille sentait qu'Archambault et ses amis avaient raison. Il aurait bien voulu pouvoir concilier la paix voluptueuse de sa vie présente et son ambition tenace ; mais il comprenait bien que cela était impossible. Un moment viendrait où il devrait fatalement choisir, renoncer à l'une ou à l'autre. Il n'y songeait qu'avec une angoisse douloureuse. S'il ne se fût agi que de lui, encore eût-il consenti peut-être à briser son cœur. Mais Léa ! Comment pourrait-il jamais se décider à la faire tomber du haut de sa quiétude ? Comment pourrait-il lui faire entendre que leur union, d'essence si intime, n'était, par la logique même des événements, que superficielle et illusoire ? Le temps avait passé, consolidant et resserrant les liens frêles de la première heure ; maintenant la maîtresse et l'amant ne formaient plus, en réalité, qu'un seul corps et qu'une seule âme. Le jour où ils se sépareraient, l'un des deux laisserait à l'autre le meilleur de soi.

Une telle lutte intérieure n'était pas sans altérer la sérénité qui était habituelle en Hérille. Son caractère visiblement changeait, s'obscurcissait. Ainsi qu'il arrive lorsque l'équilibre est rompu entre le désir et la raison, il avait des moments de rêverie sombre, des sautes d'humeur, où ses préoccupations intimes se trahissaient sur son visage. Alors, il aurait presque voulu que Léa l'interrogeât ; mais elle gardait toujours sa même attitude simple et soumise ; sans doute attribuait-elle aux derniers examens, dont la date devenait prochaine, les préoccupations qu'elle lisait sur le visage de son ami ; et elle se faisait toute petite, pour ne pas le troubler dans son travail.

Parfois, il se demandait s'il l'aimait moins. Il lui arrivait, lorsqu'il retournait au milieu du bruit et de l'agitation de Paris, de se laisser aller à cette griserie particulière que si souvent la grande ville avait allumée en lui. Alors, il n'apercevait plus Léa que comme un petit point insignifiant et perdu dans l'espace. Il s'étonnait lui-même de la transposition de ses sentiments. Mais aussitôt qu'il se retrouvait loin du tumulte, dans l'intimité de la petite maison enfouie dans le feuillage, et sous le regard bleu de sa maîtresse, il oubliait cette impression fugitive, et il se laissait aller de nouveau au charme de l'heure.

Ce phénomène, il put se le définir plus clairement encore un soir que, retenu tard à Paris, il s'était vu dans l'obligation de dîner au restaurant, — un des nombreux restaurants du Quartier, où autrefois il était allé souvent. Dès en entrant, l'odeur âcre des haleines dans la salle surchauffée le prit à la gorge. Il s'assit devant une table, encadré à droite et à gauche par des groupes de dîneurs, commanda son repas au hasard, acceptant ce que le garçon lui proposait. Quand il fut servi, il commença de manger silencieusement, mais bientôt il fut troublé par les propos des voisins. Quelle singulière humanité s'agitait autour de lui ! Ces hommes, ces femmes, dans le laisser-aller de leur tenue et de leur langage, semblaient appliqués à s'avilir. Les femmes surtout lui paraissaient odieuses. Près de lui, trois personnes se trouvaient réunies autour d'une table : une femme blonde et deux messieurs d'âge mûr. La blonde avait abandonné à l'un d'eux ses mains chargées de pierreries fausses. Or Hérille, ayant laissé tomber sa serviette par hasard, se baissa et vit que la même femme sous la table abandonnait ses pieds au deuxième convive. Autrefois il eût souri, aujourd'hui il en fut indigné. L'imbécillité des ux vieux galantins le froissait dans sa dignité d'homme. Il avait envie de leur crier : « Ne voyez-vous pas que vous êtes mystifiés par une drôlesse? » Mais son intervention eût été oiseuse et ridicule; il se contenta de tourner les yeux d'un autre côté.

Là, c'était un couple composé d'un grand garçon chétif et pâle et d'une forte brune à l'aspect exotique. Celle-ci avait allumé une cigarette et fumait d'un air maussade. Chaque fois que son compagnon lui adressait la parole, elle se contentait de répondre par un monosyllabe, ou simplement de hausser les épaules avec dédain. Ce que voyant, Hérille ne put s'empêcher de songer au sourire toujours gracieux, à la douce voix très chère de Léa. C'était pourtant de ces amours banales qu'il s'était contenté longtemps; c'était de cette vie-là qu'il avait vécu avant de connaître l'amie qui l'attendait là-bas, sous les feuillages tranquilles de Saint-Mandé!

Il se hâta de terminer son dîner et sortit. Au bord du trottoir, il se heurta presque à une étudiante avec qui il avait eu jadis une liaison passagère. Cette femme portait des bandeaux à la vierge et une veste de garçon. Elle lui sauta au cou et le tutoya. Un tel sans-façon dégoûta Hérille autant que l'accoutrement inharmonieux de l'androgyne. Décidément deux années de parfait bonheur l'avaient rendu inapte à goûter le plaisir facile.

Quand il rentra au chalet, la nuit était tout à fait venue. Mais Léa ne s'était pas couchée et l'attendait. De loin il vit la lueur de la lampe trembloter derrière les rideaux de la fenêtre. Et d'un élan vif, son cœur le précéda dans la chambre. Bientôt il y fut; il tomba entre les bras tièdes qui se refermèrent sur ses épaules.

— Etais-tu inquiète, petite Léa?

Elle dit non, de sa voix douce. Elle savait que s'il n'était pas revenu plus vite, c'était qu'il n'avait pu faire autrement...

Longuement, ils se tinrent, embrassés dans l'intimité de la chambrette bien close.

XI

Le grand jour était arrivé pour Hérille; il avait soutenu brillamment sa thèse et conquis son diplôme de docteur en droit. Ses professeurs l'avaient félicité avec cette petite déférence émue que l'on réserve pour les gens qui sont « quelqu'un. » Ses camarades l'avaient porté en triomphe sur leurs épaules à travers le Quartier. Le soir ils avaient organisé en son honneur un punch d'adieu. Malgré toutes les marques de distinction dont il était l'objet, Hérille ne se payait point d'illusions; il se rendait compte qu'il n'en était encore qu'aux prodromes de la lutte et que ce que les autres semblaient considérer comme le but atteint n'était en réalité que le point de départ. Qu'allait-il faire maintenant? Il écoutait, le sourire sur les lèvres, les projets hautement déclarés de ses amis ; chacun avait devant soi dessiné sa carrière et en parlait comme d'une chose déjà conquise.

Tout à coup Archambault se leva et chacun se tut. L'étudiant bourguignon possédait, outre la force physique le secret pouvoir d'imposer son autorité morale

— Vous me faites pitié, oui, pitié! clamat-il d'une voix forte. Où pensez-vous aboutir avec vos parchemins dûment signés de la Faculté? Etre médecin, notaire, avocat ou professeur à trois mille francs d'appointement dans quelque trou de province, la belle perspective! — Il leva ses larges épaules. — Je gage ma tête que d'ici quinze ans les huit dixièmes d'entre vous crèveront de faim, à moins qu'ils ne vivent aux crochets de quelque laideron dont ils auront fait leur épouse légitime. Voulez-vous une preuve? Regardez autour de vous. Il suffit d'avoir des yeux pour voir. Pas de ménage où l'on ne cache quelque misère, la plaie inavouable que l'on recouvre d'oripeaux pour la dissimuler au public. Le mari s'épuise à fournir aux besoins de la communauté, et la femme tire le diable par la queue, quand elle en a encore le courage. Pendant ce temps ils font des enfants, qu'il faut élever, et, pour les encourager dans cette besogne, les impôts augmentent. Va te faire fiche ! La plaie inavouable s'envenime et l'on apprend un beau jour que Monsieur et Madame Y. sont morts de misère en laissant des dettes chez le boulanger. Voilà où ils mènent, vos diplômes !

— Monsieur et Madame Y. sont dans leur tort, reprit gravement l'étudiant Calixte. Quel besoin avaient-ils de se créer une progéniture au-dessus de leurs ressources ?

— Tu parles d'or, dit Archambault, mais ce n'est ni toi ni moi qui pouvons mettre un frein à la fureur des flots de la nature. Soyons sérieux. Ce n'est pas en convertissant quelques pauvres diables aux théories de Malthus que l'on empêchera les autres de croître et de multiplier selon le commandement que le Créateur fit jadis à nos pères et qu'il n'eut jamais besoin de réitérer depuis. Mes amis, je vous propose de suivre mon exemple : aussitôt mes derniers examens enlevés, je file dans l'Amérique du Sud et je ne reviens en France que chargé de millions.

Il promena un regard assuré sur les têtes de ses camarades, qui restèrent indifférents, sans enthousiasme, devant sa proposition.

— Tas de propres-à-rien ! fit-il avec mépris. Et vous vous plaindrez ensuite de la médiocrité de vos existences. Voyons, toi du moins, Hérille, ne penses-tu pas comme moi ?

Hérille réfléchit un instant :

— Je te répondrai sincèrement, dit-il. Il ne me paraît pas que nos ressources foncières soient aussi épuisées qu'on le prétend. Dans la métairie de mon père, nous étions cinq autour de la table chaque jour, et l'on aurait pu largement s'y trouver le double sans en pâtir. Donc si j'ai quitté ce coin où ma vie se trouvait toute faite, ce n'est point pour courir l'aventure d'aller chercher fortune à l'étranger. J'ai travaillé, j'estime que je dois être une valeur dans le jeu des forces sociales de mon pays. S'il en était autrement, j'en accuserais quelque défaut de mon esprit ou de mon caractère, plutôt qu'un état de choses qui ne semble pas susceptible d'être réformé.

— Tes idées changeront, reprit Archambault. Dans quelques années, nous verrons lequel de toi ou de moi a eu raison. En attendant, comme je t'aime sincèrement, c'est d'un cœur cordial que je bois à tes succès, à ton avenir ! Messieurs, je porte la santé du docteur en droit Hérille !

En rentrant à Saint-Mandé par le dernier train de nuit, Hérille se sentait triste. La nécessité de prendre un parti s'imposait à lui inéluctablement. Qu'allait-il faire ? Que ferait-il ? Ah ! s'il était seul et sans entrave, si Léa n'était pas de moitié dans tous ses actes, la décision ne serait pas pénible ! Entre des projets différents il n'avait que l'embarras du choix. Depuis longtemps son père lui avait dit : « Ne t'inquiète de rien, mon gars, du jour où tu en auras fini avec tes études, je te donnerai ce qu'il te faudra pour t'établir convenablement. » Il pouvait donc, dès le lendemain s'il le voulait, ouvrir un cabinet de jurisconsulte à Paris ; ou bien, pour acquérir l'expérience qui lui manquait encore, accepter l'emploi de secrétaire auprès de quelque grand avocat. Déjà des offres lui avaient été faites dans ce sens, qu'il n'avait pas prises alors en considération. Il avait encore le temps d'y penser, à ce moment-là ; il vivait tout entier dans le présent. Mais les jours s'étaient succédé avec une rapidité dont il n'avait même pas eu conscience, et maintenant il se trouvait en face de cette décision qu'il avait cherché tant qu'il avait pu à éluder. Il s'en voulait presque à lui-même d'avoir passé si rapidement ses examens, les uns après les autres, sans jamais en manquer un seul, d'avoir conduit sa destinée si vite vers ce dilemme de sacrifier Léa, ou de se condamner à une existence obscure. Ses camarades moins pressés en étaient encore à mener la vie insoucieuse et facile d'étudiant. Que n'avait-il fait comme eux ?

Il s'en voulait aussi d'être triste en ce jour de fête où toutes les mains s'étaient tendues vers lui avec amitié ; là-bas, les vieux avaient dû se réjouir en recevant le télégramme qu'il leur avait envoyé pour leur annoncer la bonne nouvelle ; et dans un instant Léa aussi allait le féliciter tendrement, sans se douter que cet événement heureux menaçait de devenir pour elle gros de déceptions et de larmes.

XII

Hérille avait pris le parti d'aller passer quelques jours au Piolet, pour se reposer, disait-il, auprès de ses vieux parents. En réalité, c'était de méditation qu'il avait besoin, beaucoup plus que de repos. Jamais il ne s'était senti en meilleure forme, ni mieux disposé à l'action. Loin de le fatiguer, le travail assidu qu'il avait donné pour conquérir ses grades l'avait entraîné et développé ; à présent, dans la plénitude de sa force physique et morale, il envisageait la lutte avec un frisson d'orgueil; son tempérament, à la fois actif et pondéré, jouissait d'avance de se trouver aux prises avec des difficultés qu'il se savait capable de surmonter ou de vaincre.

L'atmosphère qu'il allait respirer à la maison paternelle ne pouvait que l'affermir davantage dans ces dispositions. Rien qu'à la chaleur de l'accueil qui lui fut fait, il mesura quel immense espoir reposait sur lui, et combien serait cruelle la déception de ses parents, s'il renonçait au rêve dont il était le héros, pour s'enliser dans une vie obscure, sans issue. Que diraient-ils, ces simples et braves gens, si, pouvant voir à travers le cœur de leur fils, ils y découvraient tout à coup l'obstacle imprévu, la frêle et décevante figure de Léa. Accepteraient-ils qu'elle pût entrer en lutte avec eux, qu'elle tînt en brèche ce qui avait été le mobile de tous leurs actes, ce pour quoi ils avaient associé depuis si longtemps leurs efforts? Hérille comprenait bien qu'entre ces deux puissances la balance ne pouvait qu'être inégale; il lui semblait qu'il ne s'appartenait pas tout entier, et qu'un peu de ce qu'il était revenait de droit à ses parents. Puis, en méditant sur lui-même, il trouvait encore beaucoup d'autres motifs de reprendre sa liberté. Il avait si étroitement mélangé les moindres trames de sa vie avec celles de la vie de sa maîtresse qu'il ne pouvait que rompre tout à fait ou s'engager définitivement envers elle. Mais, si sa raison lui suggérait la rupture, son cœur, sa délicatesse naturelle, y répugnaient. Il sentait que jamais il n'aurait le courage d'en venir là, si une volonté plus forte et surtout plus désintéressée ne venait pas étayer la sienne.

Un hasard, qu'il jugea providentiel, le servit. Dans une promenade qu'il alla faire à Caen, un matin, il rencontra son ancien professeur de philosophie, un Breton de la vieille roche, pour lequel il avait conservé dans sa mémoire une tendre vénération. Le maître aussi gardait de son élève un excellent souvenir. Cela se vit à la cordiale étreinte qu'ils échangèrent.

— Vous ici, mon cher enfant ! dit le vieillard. Quelle joie de vous retrouver, depuis si longtemps !

Et vite il avait entraîné Hérille chez lui, dans une petite maison qu'il habitait derrière l'église Saint-Étienne. Hérille avait reconnu de loin le balcon en bois, la porte où pendait un marteau en fer forgé. Que de fois, étant collégien, il était venu passer là ses heures de sortie ! Que de conversations sereines et substantielles avaient été échangées entre l'adolescent déjà réfléchi et le vieux philosophe qui avait su conserver son cœur jeune ! Aujourd'hui il en serait encore de même, et une douce confiance allait de nouveau les réunir.

Avec l'agilité d'un jeune homme, le vieux professeur avait précédé Hérille dans l'escalier. Tous deux entrèrent dans une pièce exiguë que remplissait presque entièrement un énorme bureau chargé de papiers. Et tout de suite la conversation se fit familière. Hérille raconta sa vie d'étudiant, ses travaux, ses succès. Le vieillard l'écoutait en souriant, prenant sa part de tout ce qui était arrivé d'heureux à cet enfant qui était un peu le sien puisqu'il avait contribué à la formation de sa pensée.

— Et maintenant que comptez-vous faire, mon cher Hérille ?

Hérille soupira. Il hésita encore un peu avant de livrer le fond de son âme. Ses yeux se posèrent sur le visage de son vieux maître. Il n'avait pas changé, lui; c'étaient toujours ses mêmes traits, marqués de bienveillance, ses mêmes cheveux blancs, luisants et drus, son œil bleu très clair d'Armoricain, sa bouche élargie par l'habitude de sourire. La nécessité de prendre conseil dans des circonstances aussi difficiles l'emporta. Jusqu'à présent il avait marché devant lui d'un pas ferme sans éprouver le besoin d'aucun appui; mais aujourd'hui il n'en était plus de même. Son intérêt personnel n'était pas seul en jeu dans ce combat qui se livrait au point le plus obscur de sa conscience : — Qui fallait-il sacrifier? Ses parents? Léa? Lui-même? Et de lui-même quoi encore? L'avenir, ou le présent? ses sentiments, ou ses ambitions?...

Toutes ces questions se pressaient maintenant sur sa bouche. Le vieillard, penché vers lui, l'écoutait attentivement. Quand Hérille eut tout dit, il prit à son tour la parole. Longtemps il lui tint le langage de la raison. Il exhorta son jeune ami à ne pas se laisser égarer par les ardeurs d'une passion qui ne pouvait être qu'éphémère. Des devoirs impérieux l'attendaient, après le tribut payé aux premières folies de la jeunesse. Il fallait entrer dans l'action, se faire une situation honorable, devenir un homme.

Et, en accompagnant Hérille jusque sur le seuil de la porte, le vieux Breton lui cita une sentence d'un philosophe antique : « Sois ton propre maître, et pour cela apprends à maîtriser ton cœur. »

Puis il l'embrassa avec une effusion toute paternelle.

XIII

Le train qui ramenait Hérille vers Paris traversait des campagnes décolorées par l'automne. Un ciel blafard courait au-dessus des arbres livides. Mais le voyageur ne prêtait guère d'attention au paysage. Les paroles de son maître résonnaient encore à son oreille. Il était persuadé que la sagesse avait parlé par la bouche de ce vieillard.

Sa résolution prise, tout en allégeant son esprit, avait mis un peu de mort dans son cœur. Cette tristesse augmenta dès qu'il fut arrivé à Saint-Mandé. Pour venir à la gare, il prit par une traverse du bois ; il lui semblait, en marchant sur l'amas des feuilles sèches, fouler à ses pieds tous les chers souvenirs de son amour.

La nuit commençait déjà à descendre quand il poussa la grille du chalet. Léa, qui ne l'attendait point, travaillait dans la pièce du bas, sous la lumière de la lampe. Avant de pénétrer, il s'arrêta quelques instants pour la regarder. Son visage aux lignes pures gardait toujours la même expression de tranquillité intérieure ; elle souriait un peu, tout en se hâtant à son ouvrage. A quoi pensait-elle ? A Hérille sans doute, à son retour qui devait être proche. Il lui avait dit avant de partir : « Je serai absent une semaine au plus. » Et la semaine, en effet, touchait à son terme.

Il entra ; il vit se continuer sur les lèvres de Léa le sourire tout à l'heure ébauché, et la même pensée percer sous son front.

— Toi ! fit-elle. Et tout de suite elle accourut dans les bras d'Hérille.

Comme la soirée était douce, elle lui proposa de dresser le couvert dehors, sous le berceau de chèvrefeuille, ainsi que dans les beaux jours de l'été. Il accepta. Tous deux allumèrent des flambeaux de jardin qu'ils portèrent sur la table rustique.

Tout en mangeant avec Hérille, Léa ne cessait de babiller. Elle était heureuse de le retrouver, et le lui disait de mille manières, en termes naïfs et exquis. Mais il évitait de répondre à ces expansions. Il regardait devant lui le jardin décaouronné de ses feuilles, où flottait l'ombre indécise du soir. Un petit noisetier gardait seul sa verdure persistante ; la lueur des flambeaux la faisait paraître d'un rouge ardent, et ses reflets, comme des doigts lumineux, erraient sur les cheveux blonds de Léa et sur la tête brune d'Hérille. Tout à coup, les yeux des deux amants se rencontrèrent. Hérille frissonna et malgré

lui détourna le front. Ce mouvement n'avait pas échappé à Léa.

— Qu'as-tu ? Qu'as-tu ? interrogea-t-elle. Tu me parles à peine ; tu évites de me regarder !... Oh ! Hérille, est-ce que tu ne m'aimerais plus ?

Affectueusement, Hérille l'attira sur son cœur.

— Mais toi, petite Léa, dit-il, comment se fait-il que tu m'aimes depuis si longtemps ?

Elle lui jeta autour du cou ses bras frêles, elle se blottit contre lui :

— Je t'aime parce que tu as toujours été bon pour moi ; je t'aime aussi parce que tu es beau et jeune et que tes baisers me sont doux aux lèvres, Hérille.

Hérille fit un grand effort, il sentait que le moment de l'explication définitive était arrivé ; il reprit d'une voix plus basse :

— Pourtant, un jour viendra où nous serons obligés de nous séparer. Tout homme doit créer une famille et tenir sa place dans la société. N'as-tu jamais pensé à cela ?

Sans répondre, Léa se mit à pleurer silencieusement. Au bout d'un moment, comme Hérille, muet et taciturne, ne trouvait rien à dire pour la consoler, elle comprit. Elle retira sa tête de l'épaule immobile du jeune homme.

— Hérille, si tu m'as parlé de la sorte, c'est que ta volonté est que nous cessions dès maintenant de vivre ensemble. Dis-moi quel jour et à quelle heure je devrai m'en aller d'ici.

Cette soumission acheva de crucifier l'âme douloureuse d'Hérille ; il eût préféré des cris, des reproches, du désespoir ; il eût préféré même un refus nettement formulé de lui obéir. Mais cette façon de sacrifice, qui faisait de lui le bourreau et de Léa la victime, était insupportable à sa sensibilité. Il prit dans ses mains la tête éplorée ; il plongea ses yeux dans les yeux vacillants où perlaient encore des larmes ; il essaya de faire sa voix humble et caressante jusqu'au repentir.

— Ce n'est pas toi qui partiras, dit-il ; tant que je vivrai, cette maison continuera à être la tienne ; tu te souviendras que tu as eu un ami dans Hérille, et tu penseras à lui sans amertume.

Mais elle échappa à son étreinte ; elle répondit simplement, doucement :

— Non, Hérille. Vivre ici sans toi me serait insupportable et odieux. Tant que nous avons été unis, j'ai accepté avec joie tout ce que tu as bien voulu me donner ; mais maintenant c'est fini ; non, je ne veux plus rien de toi, Hérille.

Ils se turent. Longtemps, l'un à côté de l'autre, ils restèrent sous le berceau de chèvrefeuille à regarder s'allumer et mourir au ciel les étoiles. Nuit ténébreuse où dans leurs cœurs le bonheur passé achevait lentement de s'éteindre. Hérille se demandait avec angoisse si ce que la vie lui réservait vaudrait jamais pour lui le rêve qu'il venait de briser de ses mains; et Léa songeait à la fatalité de sa destinée, vouée aux éphémères rencontres; et que rien ne pourrait plus la racheter de la turpitude, puisque l'amour même y avait failli.

DEUXIEME PARTIE

Depuis un an, Hérille était attaché au cabinet d'un avocat célèbre, près de qui il devait s'habituer à la pratique des affaires. Il eût été difficile au jeune homme de trouver un meilleur initiateur et un meilleur guide. Maître Rivolat était une de ces natures rares que le succès ne gâte pas. Assez avare de ses témoignages de sympathie, il avait pris Hérille en amitié et le traitait avec un familiarité bienveillante, un peu comme s'il eût été son propre fils. Tout de suite, il avait discerné en lui des germes précieux qu'il se plaisait à cultiver pour l'avenir. Il savait, par expérience, qu'un arbre porte toujours plus de fleurs que de fruits, et que, faute d'une direction bien entendue, beaucoup de natures généreuses avortent ou restent stériles.

D'ailleurs Hérille lui était d'un précieux secours. Autant par conscience professionnelle que pour oublier Léa, il s'était mis à l'œuvre fougueusement. Il faisait à lui seul plus de besogne que les deux autres secrétaires du maître. Son tempérament vigoureux lui permettait de passer, quand il le fallait, la nuit sur ses dossiers et de se trouver le lendemain l'esprit dispos pour plaider les affaires de second ordre que son patron lui confiait. Il était sobre, discret dans le cours ordinaire de la vie et curieux de science. Il s'intéressait à tout ce qui touchait au barreau et trouvait le temps, en dehors de son travail quotidien, de piocher encore des questions de droit général. Quelquefois Maître Rivolat le consultait dans les cas épineux et se montrait étonné de la clarté de son jugement. « Vous étiez né pour être de la basoche », lui disait-il. Au fond Hérille pensait que dans toute carrière on peut réussir, avec de l'intelligence et de la volonté. Et il n'était pas plus ravi d'être avocat que si on eût fait de lui un ingénieur ou un conseiller de préfecture.

Maître Rivolat, étant veuf, vivait avec sa fille unique Octavie, laquelle tenait sa mai-

son. C'était une imposante jeune personne, brune et grande, avec des allures un peu froides. Sa beauté était de celles qui inspirent plus d'admiration que d'attrait. Hérille éprouvait en présence d'Octavie une certaine terreur ; il évitait d'entrer en conversation avec elle, non pas qu'il fût timide, mais parce qu'il prévoyait que leurs manières de sentir et de penser devaient être très différentes. Cependant il ne pouvait se défendre de la regarder avec curiosité. Il lui semblait qu'au fond de ces yeux sombres et sous ce masque de froideur se cachait une énigme incompréhensible pour lui. Le jeune docteur ès lois ne possédait en matière féminine qu'une expérience médiocre. Les femmes qu'il avait connues n'appartenaient pas au monde d'Octavie ; leur éducation, leurs mœurs étaient tout autres. De plus, la fille de Maître Rivolat se trouvait dans une situation à part : obligée de tenir un salon où ne fréquentaient que des hommes, elle ne pouvait mieux faire que de s'envelopper d'une certaine réserve. Il est vrai que dans l'intimité elle gardait la même attitude indifférente. Souvent il se trouvait qu'Hérille était retenu à dîner par son patron. L'entretien alors prenait entre les deux hommes un tour d'aimable simplicité ; mais Octavie, les yeux lointains, la bouche tendue vers quelque invisible rêve, affectait d'y demeurer étrangère. Elle se bornait à être respectueuse à l'égard de son père, polie à l'égard d'Hérille. Quand elle parlait, c'était du bout des lèvres, de choses banales qui devaient flotter à fleur d'elle-même. Jamais, jamais elle ne laissait apercevoir ce qui pouvait s'agiter au fond de son cœur. Avait-elle un cœur seulement ? Hérille se le demandait quelquefois.

Cependant, de ce qu'elle était pour lui un objet constant d'observation et d'étude, Octavie avait fini par tenir une assez grande place dans les préoccupations morales d'Hérille. Il est rare qu'un problème qui inquiète l'imagination et l'esprit ne devienne un objet de passion, intellectuelle d'abord, sentimentale ensuite. Peu à peu cette hantise glisse dans tout l'être et finit par en prendre possession. Hérille, pourtant, n'était pas amoureux d'Octavie ; elle le repoussait plus qu'elle ne l'attirait, le tourmentait plus qu'elle ne lui était douce. Quand leurs regards se croisaient, il ne jaillissait de ce contact aucune étincelle. Quand ils se serraient la main, il ne passait dans cette étreinte aucune émotion. Et le même silence continuait à les séparer.

Il arriva que vers le commencement du printemps Octavie s'absenta pour aller passer quelques semaines chez une tante qui habitait la Champagne. Maître Rivolat pria alors Hérille de s'installer pendant ce temps auprès de lui. Hérille y consentit volontiers.

L'affection qui unissait les deux hommes se cimentait chaque jour davantage. Ils étaient l'un et l'autre conscients des services que mutuellement ils se rendaient, et cette sorte particulière d'attachement qui naît de l'estime réciproque formait la base de leur intimité. A la hâte, car le courant des affaires les entraînait de plus en plus, il prenaient ensemble leurs repas. Maître Rivolat possédait dans le quartier de l'Arc de Triomphe un hôtel aménagé somptueusement ; l'avocat célèbre était un amateur d'art éclairé, et tout ce qui entrait chez lui portait la marque de son impeccable goût. Mais il ne jouissait guère de ce cadre élégant, établi autour de sa vie de labeur. C'était à peine si de loin en loin, il s'accordait une demi-journée. Les réceptions qu'il donnait étaient pour lui une continuation de ses affaires ; il y invitait des magistrats et des personnalités politiques dont la fréquentation lui était utile, et les conversations qu'il avait alors avec eux roulaient presque toujours sur des sujets spéciaux et techniques.

L'éloignement d'Octavie avait déplacé le point de vue sous lequel Hérille avait jusqu'alors envisagé la jeune fille. Elle absente, et malgré le peu d'expansion dont elle faisait preuve, la tenue générale de la maison prenait un caractère de sécheresse dont toute grâce était exclue. Etait-elle si coupable, la pauvre enfant, de se tenir ainsi à l'écart, de se replier sur elle-même dans ce milieu où il n'y avait de place que pour les arides discussions d'affaires, où tout convergeait vers une préoccupation unique : l'argent, le succès ? Sevrée jeune des caresses de sa mère, elle s'était fait sans doute une habitude de vivre au fond de sa propre pensée, et cela expliquait l'obscur de ses yeux et l'insaisissable de son âme, que n'avait pénétrée aucune chaude tendresse. Hérille la plaignait ; il se reprochait presque l'attitude peu cordiale qu'il avait dès le premier moment adoptée à son égard, et cette espèce de froideur par laquelle il avait répondu à son indifférence. Il allait jusqu'à se demander si l'énigme de ce caractère qui le tentait malgré lui n'était pas une énigme de vie sacrifiée et d'effacement méconnu.

De plus en plus ces pensées cohabitaient avec lui ; à table, en tête à tête avec son patron, il amenait volontiers la conversation sur l'absente. Maître Rivolat chérissait profondément sa fille, mais à la manière d'un homme surmené par un labeur excessif qui lui laissait à peine le temps de vivre « Octavie, disait-il en secouant la tête, eh ! oui, la pauvre petite, elle n'a pas beaucoup de distractions pour une fille de vingt ans! Je me demande quelquefois si je n'aurais pas mieux fait de la laisser quelque temps de plus au couvent où elle a été élevée; là, du moins, elle avait des compagnes de son âge et pouvait s'amuser librement. » Puis il parlait d'autre chose, l'air préoccupé.

II

Hérille s'était promis de se montrer plus affectueux, ou tout au moins plus cordial, envers la fille de Maître Rivolat. Il avait pris cette résolution autant par attachement pour son patron que par un élan de bonté naturelle. Mais à peine s'était-il retrouvé en présence d'Octavie qu'il avait senti de nouveau s'élever la barrière qui les séparait. N'y avait-il pas un peu de mépris dans la façon dont elle l'examinait du fond de ses yeux impassibles? Au sourire qu'il lui avait adressé elle n'avait répondu que par un petit mouvement du menton un peu anguleux et volontaire, où la peau se tendait très blanche avec des transparences de nacre. Hérille fut surpris de remarquer en elle certains détails qu'il n'avait jamais aperçus. Était-ce qu'il la regardait mieux maintenant, avec des yeux moins prévenus? ou bien avait-elle subi elle-même une de ces transformations fréquentes dans l'adolescence, et qui la mettait, à cette heure, en pleine possession de sa beauté? Dans une robe très simple, d'un gris argent, elle lui apparaissait casquée de ténèbres et toujours aussi impénétrable. Ses prunelles, qui au premier aspect semblaient uniquement noires et sombres, s'imprégnaient de reflets irisés où passaient toutes les nuances du prisme; et sous sa peau mate couraient aussi, comme des gemmes liquides, les afflux d'un sang qu'on eût dit vert ou bleuté. Son nez était droit, sa bouche fièrement arquée, pareille à celle d'une déesse. Elle avait des gestes lents, que traçaient autour de son corps ses mains pâles. Le timbre de sa voix, profond et rare, enveloppait ainsi que d'une étoffe soyeuse les phrases brèves qu'elle énonçait. Son silence même paraissait à Hérille lourd de réticences et comme doublé d'une seconde vie secrète.

Malgré les efforts qu'il tentait pour pénétrer le mystère de cette âme, Hérille n'avançait pas dans la confiance d'Octavie. Il l'avait amenée cependant à converser avec lui quelquefois le soir, après le dîner, dans la bibliothèque où l'on se tenait de préfé-

rence quand il n'y avait pas d'étrangers. Et ce cadre fait à souhait pour des causeries intellectuelles permettait à Hérille de parler art ou littérature avec Octavie et de chercher à connaître ses goûts. Souvent c'est en s'aidant de la pensée toute formulée d'un auteur que se révèle l'âme nécessairement incomplète d'une jeune fille. Mais Octavie, là comme ailleurs, ne se livrait point. Préférait-elle les classiques aux romantiques, les vers à la prose, le coloris au dessin? c'est ce qu'Hérille, qui aurait pu en induire quelque similitude de tempérament, ne put jamais arriver à savoir. Lui, pendant ce temps, vidait, exposait à nu son âme. Il parlait avec une verve abondante, qui s'opposait singulièrement à la réserve de son interlocutrice. Il se racontait lui-même, avec ses enthousiasmes et ses rêves, ses partis pris d'école et ses instincts éclectiques quand même. De loin Maître Rivolat l'écoutait en souriant.

Mais bientôt une affaire très importante emporta de nouveau les deux hommes hors l'intimité de la maison. Il s'agissait d'un procès intenté à une Compagnie d'assurances par un grand industriel. Maître Rivolat, chargé de plaider pour la Compagnie, avait comme d'habitude confié le dossier à Hérille, se réservant de le revoir en dernier lieu et d'en tirer les arguments nécessaires au succès de la cause. De gros intérêts, de part et d'autre, étaient en litige; le monde de la finance avait les yeux fixés sur ce débat. C'était une plaidoirie brillante et solide à établir, sur des pièces dont la valeur était discutable.

Maître Rivolat n'était pas sans inquiétude sur l'issue d'un tel procès. Depuis quelque temps, ses forces diminuaient, sa belle énergie défaillait un peu. Le matin du jour où l'affaire devait être appelée, il se leva avec du vertige, le cerveau fatigué, les membres lourds.

— Je ne sais ce que j'ai, dit-il à Hérille, quand ils se retrouvèrent ensemble, mais je ne me sens guère en train de livrer l'assaut.

— Allons donc, répondit Hérille, vous serez comme toujours, le grand triomphateur.

— Hum! Hum! fit Maître Rivolat. Mais enfin, vous qui connaissez le fond de l'affaire aussi bien que moi, la trouvez-vous bonne, cette cause?

— Il n'y a pas de bonne ni de mauvaise cause; c'est vous qui me l'avez appris, dit Hérille; il n'y a que de bons et de mauvais avocats. De telle sorte que vos clients sont toujours sûrs, avec vous, d'avoir raison.

— C'est égal, je ne me sens pas en train.

En répétant cette phrase, le père d'Octavie avait appuyé sa tête sur sa main ; et cette tête, offerte à un vif rayon de lumière qui flambait sous le store de la fenêtre, trahissait en effet une fatigue prématurée, mais profonde. Les yeux, enfoncés dans l'orbite, se perdaient vers les tempes, dans un bourrelet de rides finement plissées. La bouche, à travers laquelle le flot de la parole avait trop longtemps coulé, se creusait sur les bords comme une vasque usée par l'eau. Et le corps tout entier accusait la déformation professionnelle, cette habitude de la table de travail, où les muscles prennent le pli de la méditation et se modèlent en une anatomie douloureuse. Cependant Maître Rivolat n'était pas un vieillard. Quand il s'animait, une flamme vive sortait de ses prunelles et son masque, atone au repos, s'injectait d'une vigueur de jeunesse. Hérille, qui le connaissait bien parce qu'il l'aimait, se pencha sur lui avec sollicitude :

— Voyons, cher maître, dit-il, que pourrais-je faire pour vous épargner tout souci ?

Et comme le dossier était ouvert devant lui, il le feuilleta en indiquant à mesure ce qu'il entrevoyait des points à mettre en lumière.

— Bravo ! Vous plaideriez l'affaire mieux que moi, dit Maître Rivolat en souriant.

L'heure était venue de se rendre au Palais ; ils montèrent ensemble en voiture et continuèrent à causer. Mais, comme au vestiaire Maître Rivolat se revêtait de sa robe, il se sentit de nouveau pris de vertige, et dans l'impossibilité de tenir d'aplomb sur ses jambes.

— Vous allez vous présenter à ma place devant la Cour, dit-il à Hérille.

Hérille obéit. Il ne lui déplaisait pas de jouer cette partie importante, s'il la gagnait, il en sortirait avec une réputation définitivement établie d'avocat habile ; s'il la perdait, son avenir n'en serait point compromis, l'affaire étant de celles où même un échec pouvait compter pour honorable.

Il plaida ; et, comme il y a dans toute destinée humaine des heures marquées par la Fortune où ceux qui la cherchent peuvent l'atteindre, il donna dans cet effort tout ce qu'il était capable de donner d'éloquence et de savoir. Il fut nerveux, incisif, calme au fond et emporté dans son verbe. Une intuition secrète l'avertissait, à mesure qu'il parlait, que la cause allait être gagnée et que le terrain s'affermissait sous ses pas. Et cela

le poussait à appuyer davantage. Il termina par une péroraison vigoureuse, où il démolit point par point les prétentions de son adversaire. Cette plaidoirie, prononcée au milieu d'un imposant silence, devait rester au Palais parmi les modèles de la véritable éloquence judiciaire.

Maître Rivolat n'avait pas été le dernier à féliciter l'orateur. Le soir, il avait voulu le garder longtemps auprès de lui, dans son cabinet de travail. A ses chaudes congratulations, Hérille répondit modestement : « C'est à vous que je dois ce succès, mon cher maître. N'est-ce pas vous qui m'avez adopté et formé ? »

Mais Maître Rivolat insistait :

— Non, non ; mon seul mérite a été de discerner à première vue votre valeur personnelle. Que n'êtes-vous mon fils, mon cher Hérille ! Vous continueriez à prendre ma place et je pourrais vieillir doucement, sans avoir regret de perdre de vue ces grands

débats qui ont été la dominante passion de toute ma vie.

Hérille eut un léger tressaillement. La hautaine silhouette d'Octavie venait d'apparaître devant sa pensée. Sans doute c'était à elle aussi que songeait Maître Rivolat, quand il avait prononcé ces mots avec un soupir : « Que n'êtes-vous mon fils, mon cher Hérille ! »

Un silence s'était établi entre les deux hommes. Dans la cheminée du cabinet de travail, le feu de bois crépitait. Le père d'Octavie, enfoncé dans son fauteuil, avait les yeux fixés sur cette flamme vacillante. Il reprit, sans regarder Hérille :

— Pourquoi vous le cacherai-je ? Mon désir, puisque je n'ai jamais eu qu'une fille, a toujours été de la marier avec l'un des nôtres, avec quelqu'un qui pût être mon bras droit et me remplacer comme vous l'avez fait aujourd'hui.

Hérille l'interrompit, un peu vivement peut-être :

— Mais, mademoiselle Octavie ? Vous êtes-vous préoccupé de ses intentions ?

— Octavie, déclara avec assurance Maître

Rivolat est une enfant obéissante et tranquille : elle se laissera guider par son père, et prendra les yeux fermés le parti qu'il lui présentera.

— Elle est cependant en droit de se montrer exigeante, reprit Hérille. Elle a la beauté, la richesse....

L'avocat haussa les épaules.

— Tout cela ne fait pas l'équivalent d'un bon mari et d'un honnête homme, si elle a la chance d'en rencontrer un. Répondez-moi franchement, Hérille, vous plairait-il de devenir mon second enfant ?

La réponse d'Hérille se fit attendre. En vérité, il n'avait pas prévu cette offre directe : et ce n'était que maintenant, tout à coup, qu'éclatait à ses yeux un ensemble de choses duquel Maître Rivolat avait pu induire une intention que lui, Hérille, n'avait jamais eue. Sans doute en acceptant de devenir l'intime de la maison, en se rapprochant d'Octavie comme il l'avait fait ces derniers temps, il avait donné lieu à cette méprise. Des sentiments divers l'assaillaient : effroi, reconnaissance et vague désir de connaître enfin le mystère d'une âme, le mystère des yeux sombres qu'en vain tant de fois il avait interrogés. Cependant, il se taisait encore, perdu dans cette avalanche de pensées. Maître Rivolat lui vint en aide :

— Oui, je sais ce que vous allez me dire. Vous n'avez pas de fortune et vous êtes venu à Paris en sabots. Eh ! mon cher, à votre âge, j'étais en même posture que vous, exactement. Je suis fils de mes œuvres, et je m'en honore. Si vous n'avez pas d'autres objections que celles-là à m'opposer, tout pourra s'arranger selon mes vœux.

— Mon cher maître, nous en reparlerons, si vous le voulez bien, balbutia Hérille.

Il se retira, mais tard dans la nuit il ne put dormir. Bien plus qu'aux brillants avantages qui lui étaient offerts, il pensait à celle dont peut-être il allait devenir le compagnon de toutes les heures. Pourrait-il faire vibrer cette statue, animer ce marbre ? Saurait-il trouver le secret de tendresse ou de volupté qui la ferait se révéler à lui, à elle-même peut-être ? Octavie !... réussirait-il au moins à la rendre heureuse ?

III

Un mariage sans amour ! voilà le fantôme qui pendant ses nuits de perplexes réflexions s'évoquait devant les yeux grands ouverts d'Hérille. Était-il vrai que ce fantôme me-naçant traçait dans l'ombre, aux regards du futur époux, le triste horoscope de sa destinée ? En ce qui le concernait du moins, Hérille pouvait se rendre cette justice que, s'il n'apportait pas à Octavie un cœur embrasé de passion, il allait à elle avec un sentiment d'affection sincère et l'espérance de voir bientôt ce sentiment se transformer en une tendresse profonde et durable. Mais elle, dans quelle disposition se trouvait-elle à son égard ? Consultée, elle avait acquiescé sans hésitation au projet paternel ; était-ce contentement, ou indifférence ? Hérille avait beau se répéter que dans les conditions de l'existence actuelle le mariage d'amour était un rêve à peu près irréalisable — si bien que les neuf dixièmes des hommes de sa génération se mariaient comme lui, en considérant seulement les questions générales d'honorabilité et de convenance — ce raisonnement ne le satisfaisait point. Il avait espéré que, du jour où le baiser des fiançailles aurait été échangé, Octavie deviendrait plus expansive ; le contraire avait eu lieu ; et maintenant il en était réduit à attendre la transformation inévitable que subit toute jeune fille en passant par l'épreuve du mariage. Oui, cette confiance lui restait que leurs âmes entreraient en communion en même temps que leurs lèvres ; il se l'exagérait à lui-même, pour éloigner l'inquiétant fantôme, le fantôme qui dans la nuit promenait devant ses yeux l'image redoutable de deux êtres condamnés à vivre ensemble sans que la bénédiction de l'amour fût tombée sur eux.

Octavie avait déclaré qu'elle ne voulait entendre parler d'aucun déplacement. Elle avait horreur, disait-elle, de ces voyages de noces où les jeunes mariés traînent leur lune de miel dans la banalité d'un décor sans imprévu. Hérille ne pensait pas tout à fait comme elle ; son admiration de Paris ne l'empêchait pas d'être un amoureux fervent de la nature ; en outre, il avait compté sur ces quelques semaines d'intimité complète, en rupture avec la vie régulière de la maison, pour s'initier aux nuances du caractère de la jeune femme et la mieux connaître. Il se résigna néanmoins ; il savait que la vie conjugale comporte dès le début de mutuelles et de nécessaires concessions.

D'ailleurs, mille soucis matériels le tiraillaient et l'absorbaient. Il fallait d'abord faire aménager l'appartement que Maître Rivolat avait mis dans son hôtel à la disposition des futurs époux. Cet appart comprenait tout le second étage; jusque-là il avait été occupé par des locataires; maintenant on le restaurait complètement. Hérille, qui n'avait ni l'habitude ni le goût du luxe, se trouvait quelque peu embarrassé pour diriger les travaux. Son beau-père lui avait laissé carte blanche en tout; quant à Octavie, elle avait dit tranquillement à Hérille que ce qu'il ferait serait bien fait; ses préoccupations semblaient être ailleurs, et, à mesure que le jour du mariage approchait, elle devenait plus silencieuse.

Un soir — c'était la veille même de la signature du contrat — il tenta d'avoir avec elle une explication définitive. Malgré tout ce qu'une rupture aurait de pénible pour lui, et tout le dommage qui s'ensuivrait pour sa position, sa résolution était prise d'en venir là, si décidément Octavie ne lui donnait pas quelque signe formel d'attachement. Ils étaient seuls dans la bibliothèque, où Maître Rivolat avait soin de leur ménager des tête-à-tête assez fréquents. Octavie tenait dans ses doigts un ouvrage de broderie, auquel elle ajoutait de temps en temps quelques points. Hérille, spontanément, lui tendit la main.

— Voulez-vous que nous causions un peu? fit-il.

Elle fixa sur lui des prunelles plus sombres et plus énigmatiques que d'habitude.

— Vous avez quelque chose de grave à me dire? interrogea-t-elle.

Il mit un baiser sur la main étroite et fugace qu'il avait retenue dans la sienne.

— Est-ce que tout n'est pas grave entre nous, Octavie, si près de nous lier l'un à l'autre pour toujours?

— Ah! fit-elle, regretteriez-vous déjà votre liberté.

— Vous me jugez mal, dit Hérille. J'espère que l'avenir vous montrera que mon seul désir est de vous appartenir sans réserve. C'est un sentiment contraire qui me porte à vous parler nettement ce soir. Je crains qu'en acceptant de devenir ma femme vous n'ayez cédé aux conseils de votre père, sans vous préoccuper de vos propres dispositions. Vous avez été privée des caresses maternelles, Octavie, et votre cœur n'a pu s'épanouir comme celui des autres jeunes filles. Il existe cependant, ce cœur; peut-être conviendrait-il de l'interroger?

Octavie avait retiré tout doucement sa main; elle murmura d'une voix faible :

— Le cœur des jeunes filles n'a pas le droit de parler, m'a-t-on dit. Mais rassurez-vous, mon cher Hérille, je vous apporte du moins la complète intégrité de tout mon être. Pourriez-vous m'en dire autant de vous-même?

Hérille rougit; le souvenir de Léa venait tout à coup de lui remonter à la mémoire. Il revoyait les clairs yeux de son ancienne maîtresse et la grâce ingénue de son sourire. Il reporta ses regards sur les prunelles mystérieuses d'Octavie.

— Vous avez raison, dit-il; c'est moi qui ne suis pas digne de vous, Octavie. Pardonnez à l'inquiétude où me jette le souci de votre bonheur. Je ne voulais vous tenir que de vous-même, que de votre propre et libre volonté. Cette main que vous m'avez laissé prendre bien des fois par convention pure, donnez-la-moi aujourd'hui de plein gré. Je ne vous demande pas d'autre preuve de votre affection.

Octavie était debout maintenant, et lui aussi devant elle. Il y eut entre eux une seconde d'immobilité et de silence, dont la durée parut éternelle à Hérille. Enfin Octavie lui tendit la main. Un sourire paisible détendit l'arc inflexible de ses lèvres. Un peu d'émotion fit palpiter la soie de son corsage. Hérille l'attira tendrement contre lui :

— Enfant, enfant, chère Octavie! Ayez confiance dans celui qui vous appartient corps et âme. Il est bon que l'homme arrive au mariage avec un cœur averti des troubles de la passion; il est le guide, il est l'ami prévoyant qui écarte sous les pieds de sa compagne les pierres du chemin. Nous serons heureux, chère Octavie, si vous voulez bien m'abandonner un peu de votre pensée secrète, comme vous venez de m'abandonner votre main.

A cet instant, Maître Rivolat ouvrit la porte :

— A la bonne heure! s'écria-t-il. Je vous surprends en flagrant délit d'épanchements. Embrassez-vous, mes enfants; profitez de ce que vous êtes jeunes et de ce que l'avenir s'ouvre devant vous. Si l'on ne peut pas exiger de l'amour qu'il soit éternel, du moins doit-on faire en sorte qu'il soit sincère!

IV

Octavie et Hérille s'étaient installés sans aucun heurt dans le nouveau train de leur existence conjugale. Dès le premier jour, la jeune femme avait témoigné d'une condescendance parfaite, d'une tranquillité d'humeur qui avait enchanté Hérille, en faisant s'évanouir ses craintes. Sans doute, il eût préféré plus d'élan à répondre à ses avances et une plus effective tendresse. Mais peut-on exiger d'une vierge jetée sans préparation dans les bras d'un étranger les mêmes ardents transports que d'une maîtresse, dont les sens expérimentés connaissent à l'avance ce qui les attend ? De cette épreuve terrible du premier contact, d'où tant de couples sortent désunis pour le reste de leur existence, ils sortaient, eux, adoucis à l'égard l'un de l'autre et disposés à établir leur bonheur sur les bases naturelles à toute organisation familiale.

Néanmoins, la fusion complète ne s'était pas opérée entre eux. Si Octavie avait donné sa beauté sans y mettre de réserve, elle n'avait pas livré toute son âme. Par moments Hérille surprenait encore dans ses regards, au fond de ses prunelles obscures, la même expression énigmatique et troublante qu'il ne savait comment définir. Il lui semblait qu'elle était d'une autre race que lui, et que des instincts existaient en elle qu'il ne devait jamais connaître. Sans aucun doute il se rendait bien compte qu'il était supérieur à elle par certains côtés de l'intelligence et par la formation des idées ; car il n'avait pas cette modestie ridicule qui consiste à ne pas faire la juste part en soi du bon et du mauvais. Mais Octavie avait sur lui l'avantage d'une génération déjà établie dans un milieu social plus élevé. Il s'étonnait de certaines délicatesses dont elle faisait montre et dont il ne soupçonnait même pas l'existence. Comment, d'ailleurs, en aurait-il pu être autrement ? Il était né dans une ferme ; tout petit, il avait été soumis au régime brutal du collège. Ensuite, il avait été jeté à Paris dans le monde débraillé des étudiants, où l'on fait bon marché des élégances extérieures. Les femmes qu'il y avait fréquentées n'avaient guère pu lui inculquer non plus le goût de la sensibilité physique. Toutes ses délicatesses à lui résidaient dans le fond de son âme ; au dehors, il se contentait d'être un garçon correct, bien astiqué, un peu froid, en qui revivait la simplicité rustique de son père.

Donc les nouveaux époux, autant par tempérament que par éducation, différaient notablement. Hérille se demandait avec émoi si le temps adoucirait ces oppositions, ou si, au contraire, il ne ferait que les accentuer davantage. Ainsi qu'il l'avait prévu, Octavie devait trouver dans le mariage l'éclosion définitive de sa nature ; jusque-là elle avait été tenue à l'abri comme une plante soignée en serre. Or, c'est toujours un inquiétant aléa que cet épanouissement à l'air libre, et

dans une ambiance différente. L'individualité de chaque être s'y manifeste avec la violence d'une revanche prise, et déconcerte les conjectures les mieux avisées. Hérille s'étonnait d'apercevoir chaque jour en Octavie quelque poussée de sève imprévue. Sans se départir jamais de sa réserve systématique, la jeune femme penchait visiblement vers la vie mondaine et le plaisir. Dès qu'elle avait pu décemment ouvrir son salon, elle y avait attiré une foule d'amis dont son mari ne soupçonnait même pas l'existence ; monde élégant et parisien où s'agitaient des intérêts et passions superficielles, très éloigné du courant d'idées auquel Hérille avait coutume de livrer son esprit. Il y faisait bonne figure cependant, pour ne pas déplaire à Octavie, et aussi parce que ce lui était une occasion d'étudier les évolutions complexes de sa jeune femme. Véritablement, du jour au lendemain, elle s'était transformée : très simple dans sa tenue à la maison paternelle, elle avait depuis le mariage pris des habitudes d'extrême élégance. Elle avait abandonné les robes de son trousseau, pourtant bien choisies, car Maître Rivolat avait tenu à honneur de faire les choses largement ; maintenant, à chaque réception, elle apparaissait avec une toilette différente. Tout en déplorant cet excès de luxe, Hérille ne pouvait s'empêcher d'admirer le bon goût et la beauté d'Octavie. Il n'était pas loin d'en devenir violemment épris, après l'avoir traitée avec la sage retenue qui sied à un mari respectueux de la dignité de sa femme. Un peu de jalousie se mêlait à ce sentiment. Les hommes qui fréquentaient chez lui ne manquaient pas de faire à la jeune maîtresse de maison une cour discrète. Elle recevait ces hommages avec son sourire de déesse et sans que l'expression de ses prunelles en fût altérée ; en sorte qu'Hérille éprouvait de cet état de choses une pointe d'excitation qui n'allait jamais jusqu'au trouble ; il avait la sensation exquise d'un amateur qui possède à lui tout seul un chef-d'œuvre rare et le laisse admirer par la foule.

Ce n'était point là tout à fait le bonheur conjugal qu'il avait rêvé ; il s'en accommodait cependant, et, ses occupations aidant, il se laissait emporter par le tourbillon d'une vie si agitée qu'il avait à peine le temps de regarder en soi-même. D'ailleurs, ce ne serait là sans doute qu'une période bientôt passée ; plus tard, quand les enfants viendraient, quand Octavie aurait pris du monde ce que toute femme jeune et belle en peut attendre, leur existence s'instituerait autrement, dans une paix plus douce et meilleure.

Pour l'instant, Hérille vivait donc tout entier dans le présent. Chaque soir Octavie l'entraînait à quelque sortie nouvelle, et presque constamment des étrangers étaient entre eux. Un jour, il ne put s'empêcher de lui en faire la remarque :

— Convenez, Octavie, que pour de jeunes mariés nous ne recherchons guère l'intimité du tête-à-tête.

— Et vous vous en plaignez? répondit Octavie avec son indéfinissable sourire.

— Un peu. Non point que je veuille contrarier vos goûts. Je comprends que vous trouviez du plaisir à vous distraire, après la vie assez sévère que vous avez menée jusqu'à notre mariage. C'est donc l'égoïsme uniquement qui me fait parler. Oui, je l'avoue, j'aimerais quelquefois vous avoir à moi tout seul pendant l'espace d'une soirée.

— Rien de plus facile, dit Octavie. Que ne m'avez-vous exprimé ce désir plus tôt? Je me serais fait un devoir d'y accéder.

Ce mot de devoir, sans qu'il sût pourquoi, fit faire la grimace à Hérille. Comme beaucoup d'hommes, il aurait aimé rencontrer dans sa jeune femme l'impossible mélange de l'austérité et du penchant au plaisir. « Tu seras vertueuse tous les instants de ta vie, excepté quand il me plaira qu'il en soit autrement », telle est la loi imposée à sa compagne par l'Adam jaloux et sensuel. Et la compagne, qui sent crier en elle la voix d'une révolte séculaire mais qui s'habitue au silence, répond dans le secret de sa chair : « Je serai l'instrument de ton plaisir jusqu'au jour où tu te fatigueras de moi. Alors si je suis honnête, je souffrirai ; si je suis déshonnête, je te ferai souffrir. »

Octavie, cependant, reprit avec le même calme sourire :

— Il est facile, il me semble, de tout arranger pour vous satisfaire. Ce soir nous devions aller au bal chez les Robertet; nous n'irons pas, et

nous ferons ce que vous voudrez de notre soirée.

Hérille se leva pour embrasser les ongles roses de sa femme. Il lui savait gré de renoncer si simplement à une fête dont elle avait dû se promettre quelque plaisir. Un peu d'émotion le remuait aussi, à la pensée qu'il venait d'assumer la responsabilité de ne pas lui faire regretter son sacrifice. Qu'allait-il lui offrir en compensation? S'il n'avait écouté que ses goûts, il n'aurait pas cherché bien loin, et quelques heures d'intimité douce dans ce petit salon bien clos, où ils se trouvaient maintenant à côté l'un de l'autre, eussent représenté à ses yeux autant de félicité que son cœur en pouvait souhaiter. Mais il n'osa pas se montrer aussi sommairement exigeant. Il proposa à Octavie de dîner ensemble dans un cabaret à la mode et de finir la soirée au théâtre. Elle accepta.

Il se félicita de son idée quand, attablé en face d'elle au restaurant, il la vit sourire, amusée des particularités de cet endroit de luxe banal, mais nouveau pour elle, et du service discret du maître d'hôtel, qui glissait sur le tapis épais et évitait de les regarder en face. Sans doute les prenait-on pour deux amants en bonne fortune, d'autant qu'Hérille s'empressait auprès d'Octavie et attachait sur elle des regards amoureux. Elle-même, dans sa grâce un peu indifférente, n'avait guère les allures d'une bourgeoise. Sa toilette, qui portait le cachet d'un goût personnel, pouvait être aussi bien celle d'une grande dame que celle d'une élégante du demi-monde. Était-ce par coquetterie envers son époux, ou par amour de sa propre beauté, qu'elle avait choisi parmi ses nombreuses parures la plus propre à exciter le désir? Hérille se le demandait avec une incertitude mêlée de passion ; car ses curiosités à l'égard de cette femme devenue sienne ne s'étaient pas encore satisfaites. Il se demandait avec une incertitude mêlée de passion pourquoi Octavie le traitait tantôt insouciamment, tantôt complaisamment, comme si elle attendait de lui autre chose que ce qu'il lui avait donné jusqu'à présent. Était-elle sensuelle? Jamais elle n'avait vibré entre ses bras, mais jamais non plus elle ne s'était refusée à ses caresses. Ce soir, dans ce lieu imprégné de tant d'effluves amoureux et où tout semblait combiné pour la volupté facile, l'idée venait à Hérille de tenter une suprême épreuve. La crainte de paraître brutal ou trop exigeant, un scrupule aussi de traiter Octavie comme une créature vulgaire, le retinrent. D'ailleurs, l'heure était venue de se rendre au théâtre.

Quand ils entrèrent dans leur avant-scène le spectacle était commencé. La pièce n'intéressait guère Hérille; il laissa distraitement ses yeux tomber sur les gens assis à l'orchestre. Des femmes en toilettes claires, des hommes en habit noir, pressés les uns contre les autres, formaient comme une immense corbeille d'iris sombres et d'orchidées éclatantes; dans le pourtour, d'autres personnes debout se pressaient encore. Et il eut tout à coup un léger sursaut, un demi-cri aussitôt étouffé. Parmi la foule des visages, la petite figure pâle de Léa venait de lui apparaître. De nouveau, elle avait agrandi ses paupières d'un cercle de kohl, et ses lèvres, outrageusement rougies, saignaient au milieu de son masque résigné de fille de joie. Hérille détourna la tête pour ne pas voir qu'elle était en quête d'un fortuit amant. Ses yeux se reportèrent sur Octavie. Elle trônait orgueilleuse, impassible, au fond de sa loge; et comme c'était l'entr'acte, les lorgnettes, de partout, se braquaient sur elle.

V

Maître Rivolat avait eu du mariage de sa fille comme un regain de jeunesse. Depuis cette époque, véritablement, il refleurissait. Sûr désormais qu'Hérille ne séparerait pas ses intérêts des siens, il lui abandonnait de plus en plus la direction de son cabinet; il le traitait comme un fils et comme un ami, en qui il avait une confiance absolue. « Je suis le plus heureux des trois », disait-il quelquefois en riant, lorsqu'on le félicitait de l'union des jeunes époux. Et pour les en remercier, il les comblait de gâteries et de cadeaux.

Hérille, d'ailleurs, n'avait pas déçu ses espérances. Au Palais il avait pris rang parmi les premiers avocats, — sinon les plus brillants, du moins ceux qui connaissaient le mieux les ressources de la procédure. Sa vie mondaine ne l'empêchait pas d'être assidu aux affaires. Jamais il ne se permettait le moindre écart dans ses heures de travail et, comme au Quartier latin, comme au collège, il apportait à ce qu'il faisait toute sa conscience d'être laborieux, décidé à réussir. Cette tension extrême d'une partie de ses facultés n'était pas sans atténuer quelque peu les autres. Il s'en apercevait dans les salons, où le plus souvent les conversations glissaient sur lui sans qu'il se donnât la peine d'y prendre part; et, quand un hasard le forçait à s'y mêler, il ne rencontrait pas toujours le mot juste, faute de se tenir sur la défensive, ainsi que le font les gens bien avisés. Aussi, malgré sa réelle valeur intellectuelle, Hérille n'était pas ce qu'on appelle dans le monde un homme d'esprit. Il n'eût pas songé à en souffrir, si Octavie ne s'en fût préoccupée. Mais la jeune femme, décidément, attachait du prix aux apparences. Quelquefois il surprenait ses regards fixés sur lui avec une nuance de dédain. Il était visible qu'elle eût été plus flattée d'avoir pour mari quelqu'un des beaux parleurs qui s'empressaient autour d'elle, plutôt que le travailleur silencieux et réfléchi qu'il était. Elle devait bien savoir cependant que ce sont les chariots vides qui font toujours le plus de bruit sur les grandes routes.

Pour racheter ce défaut d'extériorité, et aussi parce qu'il était naturellement tendre et bon, Hérille s'appliquait dans l'intimité à se montrer le plus parfait des époux. Aucun des désirs d'Octavie ne lui était connu sans qu'il s'empressât d'y satisfaire. Il s'attachait même à les prévenir aux dépens de ses propres préférences. Elle avait pris sur lui un empire qu'il ne cherchait ni à combattre ni à s'expliquer. S'il s'était donné la peine de s'analyser, il se serait vite aperçu que c'était la femme, la femme éternelle et souveraine, qui le dominait. Il avait besoin de ce joug. Il s'y abandonnait avec volupté. Il était même reconnaissant des menues souffrances qui en résultaient pour lui. Plutôt que d'y dérober une partie de soi-même, il sacrifiait volontiers son amour-propre à son affectivité, et son intelligence à son cœur.

Bientôt un événement vin augmenter encore cette inquiétante soif de tendresse qui depuis l'enfance le tourmentait, en dépit de son caractère viril. Coup sur coup il perdit son père et sa mère. Les deux vieux, dont il n'avait cessé d'être l'orgueil, moururent l'un après l'autre dans la même journée, sans qu'Hérille eût pu recueillir leur dernier soupir. Quand il arriva au Piolet, le menuisier du village apportait les deux bières pareilles. Sur le grand lit, où si longtemps ils avaient dormi côte à côte, on les avait déposés, les inséparables époux, que la mort avait voulu emporter ensemble. Hérille s'agenouilla en sanglotant devant ce lit de chêne brun, qui se dressait comme un autel entouré de cierges au fond de la chambre blanchie à la chaux. Une prière monta à ses lèvres, en même temps que tout le passé bourdonnait à ses oreilles. Il lui semblait, devant le néant de cette double mort, que sa vie à lui aussi était frappée dans sa source, et que de n'avoir pu baiser les chers fronts, alors que le sang tiède y affluait encore, il garderait une tristesse irréparable. Pourquoi n'avait-il pas vécu là, dans la simplicité de cette campagne où il était né, entre ce père et cette mère qui avaient rêvé pour lui des destinées plus hautes, mais qui auraient été heureux sans doute de le garder près d'eux, de se retrouver en lui?... Certes, sa douleur maintenant serait moins amère et le vide de son cœur moins profond !

Et le calvaire continua pour Hérille. Par un matin radieux, il accompagna le convoi à l'église et au cimetière. Quelle vision navrante que celle des cercueils drapés de noir où reposaient, en même temps que les corps refroidis du père et de la mère, toutes les anciennes caresses qui l'avaient apprivoisé à la vie! Il évoquait, au milieu des glèbes pleines de soleil, les sentiers qu'enfant il avait frayés avec les deux qui dormaient là, dans les bières étroites, et que l'on emportait à la terre. Et tout à l'heure il n'aurait même plus la consolation de cette promenade suprême à travers la contrée natale ; rien ne lui resterait d'eux, que le regret impuissant qui poignait son cœur de n'avoir pas su mieux les aimer, profiter davantage de leur tendresse...

Il succombait sous le poids de sa douleur, quand il revint à Paris. Combien il avait soif de consolation! Son immense chagrin avait fait de lui un enfant qui pleure et demande qu'on essuie ses larmes. Il pensait à Octavie, et il escomptait d'avance le réconfort des paroles dont elle allait l'accueillir. Tout être humain est ainsi fait qu'au moment des séparations les plus cruelles son esprit court à ceux qui restent et leur demande l'aumône d'un peu de sympathie; et, bien que la vie lui semble décevante et lamentable, il cherche à s'y consolider davantage en resserrant les liens qui peuvent le mieux l'y attacher.

Hérille se rendit donc chez lui à la hâte.

Les domestiques lui ouvrirent avec cet air de tristesse hypocrite que prennent devant le deuil les indifférents. Un visage ami! Voilà ce qu'il lui fallait avant tout! Personne n'était donc là pour l'attendre? Maître Rivolat avait été forcé de se rendre au Palais, et « Madame » n'était pas encore rentrée de ses courses. Il monta en chancelant l'escalier somptueux, et alla s'asseoir dans la bibliothèque. La solitude de cette pièce vide acheva de ruiner son énergie; des sanglots se heurtaient dans sa gorge; il se laissa aller à leur amertume.

Il pleurait encore, le front sous sa main, quand la haute silhouette d'Octavie parut dans la porte. Elle s'approcha de lui, et l'embrassa lentement, sans l'étreindre. Hérille suffoquait.

— Octavie! ma chère Octavie! balbutiait-il.

A cet élan elle répondit en cherchant à le calmer par des paroles de raison, comme si l'explosion de cette trop grande douleur l'eût dérangée dans l'harmonie de son existence. Un parfum d'héliotrope s'échappait de sa poitrine tiède ; elle avait le teint reposé, l'œil heureux. Hérille observa pour la première fois que ses petits cheveux au-dessus des tempes s'amollissaient de nuances plus claires. Il faisait cette remarque, sans que son intelligence y eût aucune part et seulement avec les regards de son corps.

— Vous devez avoir besoin d'un peu de repos, dit Octavie en s'éloignant. Je vais faire préparer votre chambre.

Il fut sur le point de s'accrocher à elle, de la retenir par le pan de son mantelet: « Dismoi que tu m'aimes ! Aime-moi ! » Un reste de dignité le retint, une honte secrète de paraître trop faible devant cette femme si maîtresse d'elle-même, si inaccessible à l'émotion. Peut-être aussi s'était-elle montrée telle, afin de ne pas l'amollir davantage?... Oh! la douceur des larmes versées à deux, l'affolement ivre de deux êtres s'abandonnant ensemble au vertige de la douleur! Hérille avait rêvé cela tout le long de la route comme la consolation suprême, le remède qui allait alléger son mal. Il avait eu tort. Il s'accusait lui-même maintenant d'être exigeant et égoïste. Qu'étaient pour Octavie, qui les connaissait à peine, les deux vieillards dont la dépouille reposait là-bas, au milieu des champs, sous le soleil? Que peut être la douleur d'autrui à celui dont l'âme est née sans amour? C'est l'amour seul qui mouille les yeux, qui fait palpiter les poitrines et qui courbe les fronts sur les tombeaux.

Or, Hérille pensait que l'âme d'Octavie était inaccessible au grand, à l'universel amour.

VI.

Il y avait plusieurs années qu'Hérille avait épousé Octavie, et aucune naissance n'était venue réjouir son foyer. C'était pour lui une déception profonde. Il regardait d'un œil d'envie les ménages ouvriers chargés de famille qui, le dimanche, déambulaient le long des rues, la mère portant le dernier-né entre ses bras, le père poussant devant lui la petite voiture où dormaient à poings serrés les bébés roses, engoncés dans l'empois de leur collerette. Il n'en eût pas demandé tant pour être heureux; un seul héritier l'eût comblé d'aise en resserrant plus étroitement son union avec Octavie. Cependant, la jeune femme ne se plaignait point de ce que le ciel leur eût refusé des enfants. Au fond, il la soupçonnait de n'en pas vouloir. Il savait que plusieurs femmes redoutent la maternité, qui détruit ou déforme leur beauté. Et Octavie de plus en plus cultivait et chérissait la sienne. Elle était, véritablement, admirable et impassible comme une idole. Quelquefois Hérille se demandait pour la millième fois avec angoisse quel était le point en elle que l'on pourrait faire vibrer. Était-elle cérébrale? sensuelle? passionnée? Rien de tout cela n'apparaissait dans les manifestations extérieures de sa vie. Jamais il ne trouvait l'occasion de lui faire le moindre reproche: elle ne se montrait ni emportée, ni menteuse, ni provocante avec les hommes. Ils recevaient chaque semaine maintenant, dans l'intimité, et c'était toujours à peu près les mêmes personnes qui venaient chez eux. Octavie avait une amie de pension, mariée à un romancier célèbre nommé Sylvère; ce couple faisait le fond de leurs réunions hebdomadaires. Sylvère était un garçon de quarante ans, chétif et pâle, avec les allures romanesques d'un Oberman. Il avait eu la petite vérole dans son enfance, et son visage en était resté marqué. Une longue moustache d'un blond clair rehaussait sa bouche assez fine, d'où tombaient des paroles bien choisies, prononcées délicatement. Sylvère avait le don d'intéresser un auditoire avec peu de ressources personnelles. Nul mieux que lui ne savait mettre en valeur les pierres précieuses des idées et les sertir en de gracieuses et légères montures. Il avait beaucoup lu et distillait à son profit le miel butiné sur un grand nombre de fleurs. Sa femme Clotilde, plus âgée qu'Octavie de deux ans et mariée avant elle, n'avait pas cessé de la fréquenter depuis qu'elles avaient toutes deux quitté le couvent. Sans être jolie, elle possédait le charme qui enveloppe et séduit, cet on ne sait pas quoi par lequel certains êtres sont attirés, comme le sont les fauves par la douceur d'une musique lointaine. Hérille éprouvait pour elle une sympathie assez vive. Lui, qui était naturellement silencieux, devenait subitement bavard quand il se trouvait à ses côtés. Ils parlaient tous deux de choses familières, tandis que le romancier, toujours élégant et disert, développait pour la galerie quelque paradoxe sentimental. Il arrivait parfois que Clotilde, sans se soucier des discours de son mari, élevait la voix un peu plus que de raison; alors Hérille se taisait tout à coup et jetait des yeux inquiets du côté d'Octavie: n'allait-elle pas s'offenser de ces chuchotements, peu convenables dans un salon? Mais elle n'était point d'humeur inquiète. A peine daignait-elle s'apercevoir que Clotilde et Hérille causaient entre eux. Elle écoutait Sylvère, les yeux baissés, les bras tombants, dans une attitude sculpturale qui lui était habituelle. Près d'elle, ses admirateurs s'empressaient. A tous, elle distribuait le même incertain sourire.

Cependant Hérille n'était pas toujours présent aux réceptions de sa femme. La demi-célébrité qu'il avait très vite conquise, mais qu'il ne parvenait pas à dépasser, lui attirait assez souvent des causes à plaider en province. Dans ces circonstances, il eût aimé qu'Octavie consentît à l'accompagner. C'eût été l'occasion pour eux de voyager ensemble, ce qu'ils n'avaient jamais fait encore. Mais Octavie refusait; elle avait horreur des déplacements; même dans les chaleurs de l'été elle n'acceptait qu'avec mauvaise grâce de quitter Paris; Paris était le seul lieu du monde où la vie lui parût supportable.

Cette existence d'incessant labeur, qu'il menait depuis longtemps sans aucun répit, commençait à fatiguer singulièrement Hérille. Il avait des velléités de tout lâcher pour essayer d'autre chose. Malgré la conscience qu'il apportait dans l'exercice de sa profession, il n'avait pas chevillé dans l'âme, comme Maître Rivolat, l'amour de la discussion et des procès. Son esprit s'élançait souvent hors le code, vers des horizons plus larges; ses poumons réclamaient un air plus pur. Jamais il ne s'était complètement débarbouillé, pas plus au moral qu'au physique, de son hâle de paysan, de cette patine dont le soleil l'avait durci dès son enfance et qui le laissait encore mal à l'aise au milieu d'un monde devenu le sien. Par moments, l'idée qu'il avait mal dirigé sa vie lui venait, comme à tout homme de qui les rêves ne se sont pas entièrement réalisés. Hélas ! n'avoir qu'une seule vie à vivre, une seule voie à suivre, alors qu'on sent en soi se combattre mille désirs, que mille tentations vous pressent de vous lancer sur des pistes différentes, d'aller à droite, à gauche, partout, dans tous les domaines de la pensée ou de l'action ! Hérille, en songeant aux ambitions ardentes de sa jeunesse, courbait la tête et se sentait triste et las. Qu'était-il devenu après tant de travail ? Un avocat enfermé dans la défense de l'innocent ou du coupable. Il n'était même pas arrivé à la fortune, car l'argent qu'il gagnait, largement sans doute, se trouvait englouti à mesure par les nécessités quotidiennes. Octavie aimait le luxe et la dépense. La dot qu'elle avait apportée n'eût pas suffi à défrayer ses caprices. Il fallait donc recommencer sans cesse un effort voué d'avance à être stérile. Hérille se comparait au cheval condamné à tourner éternellement la meule qui fait monter au réservoir une eau abondante, sans que sa propre soif se trouve jamais satisfaite.

Mais ces velléités de révolte s'apaisaient vite. Relativement il était heureux. Beaucoup de ses confrères, moins favorisés que lui, enviaient sa renommée, ses succès. Il possédait une femme qui avait le double avantage d'être à la fois belle et fidèle. Que pouvait-il souhaiter de plus ? La sagesse ne lui commandait-elle pas de se contenter de son sort et d'accomplir sa tâche au jour le jour, sans chercher à être autre chose qu'un bon avocat ? « Chacun son métier », pensait-il, se souvenant que son vieux père avait coutume de répéter cette devise. Et il se remettait à ses besognes.

Une fois cependant un regain d'ambition lui était venu. Le député de sa circonscription rurale étant mort, on allait procéder là-bas à une nouvelle élection. Hérille avait quelques chances d'être nommé ; il était enfant du pays et il possédait encore des amis dévoués qui ne demanderaient pas mieux que de soutenir sa candidature. Il parla de ses espérances à Octavie : ne pourraient-ils aller tous deux au Piolet, pour quelques mois, le temps de la campagne électorale ? Cela tombait précisément pendant la belle saison, et, avec quelques arrangements il serait facile de rendre l'habitation agréable. Mais Octavie le regarda avec surprise :

— Êtes-vous fou ? Une maison de paysans !

Hérille rougit. Cette maison de paysans, c'était celle de ses parents, celle où il était né, où il avait grandi ; Octavie ne semblait pas s'en souvenir.

— En vérité, dit-elle d'un ton tranquille, je ne vois pas comment cette idée d'être député a pu vous venir. Pour faire de la politique, il faut avoir toute sa liberté d'action, et vous n'avez jamais une minute à vous.

— On a toujours le temps de faire ce que l'on désire, répondit Hérille froidement.

Mais au fond de lui-même il avait déjà renoncé à son projet. Contrarier Octavie, voir s'accumuler des nuages sur son front, était une perspective qui l'inquiétait au moins autant que l'échec au-devant duquel il irait peut-être en affrontant la bataille électorale. Il se replongea dans ses occupations habituelles. D'ailleurs, Maître Rivelat se faisait vieux et de plus en plus se déchargeait sur son gendre des affaires qui lui incombaient. Hérille se résigna cette fois encore.

À quelque temps de là, Octavie vint le trouver un matin, comme il travaillait dans son cabinet. Les visites qu'elle lui faisait ainsi étaient rares. Il reçut celle-là de sourire aux lèvres.

— Que diriez-vous, Hérille, de l'idée de vendre le Piolet ?

Il sursauta. Le Piolet !... tous ses souvenirs d'enfance, le seul lien qui le rattachât encore au pays natal !...

Cependant Octavie lui expliquait tranquillement que des amis de Sylvère et de Clotilde cherchaient à acquérir une terre en Normandie. L'affaire était magnifique... Quelle raison pouvait-on avoir de refuser ?

Hérille se fit longtemps prier. Ce sacrifice lui semblait aussi douloureux que s'il se fût agi de lui arracher un membre. Mais un jour, comme Octavie insistait encore, prenant pour faire valoir ses arguments un accent persuasif qu'il ne lui connaissait point, il consentit. « C'était si loin ! disait-elle. Jamais on ne ferait rien de cette propriété inhabitable. Ne valait-il pas mieux en avoir l'argent ? »

VII

Hérille traversait la place Vendôme dans son coupé pour rentrer déjeuner chez lui, quand un rassemblement obligea son cocher à s'arrêter. Devant un des hôtels somptueux de la place, un voyageur menant grand train débarquait. Ce voyageur avait l'allure fastueuse et princière d'un nabab. Comme il faisait froid, il était enveloppé d'une ample pelisse de fourrure; un seul diamant d'un grand prix brillait au petit doigt de sa main gauche. Il descendit du landau qui l'avait amené, et sa haute taille dépassa depuis l'épaule celle des gens qui l'accompagnaient. Hérille, qui avait regardé distraitement de ce côté, poussa soudain une exclamation :

— Archambault !

Cependant il n'était pas bien sûr de ne pas commettre quelque ridicule erreur. Le souvenir de son ancien camarade de l'école lui avait surgi brusquement à la pensée, devant ce colosse à la barbe grisonnante; mais quelle vraisemblance y avait-il à ce que l'étudiant bourguignon fût devenu en l'espace de quelques années le grand seigneur richissime que paraissait être cet étranger ? Depuis leur intimité du Quartier latin, Hérille et Archambault avaient suivi chacun une voie opposée et, ainsi qu'il arrive souvent, ils avaient négligé de correspondre. Dans la mémoire d'Hérille l'oubli s'était fait presque complet sur cette période de sa vie, et maintenant des réminiscences lui venaient en foule : heures de plaisir et heures d'étude, aspirations, désirs, illusions, tout ce qui avait été commun entre eux, tout ce qu'ils avaient remué ensemble de leur avenir incertain, et jusqu'à ce duel d'où ils étaient sortis plus attachés l'un à l'autre, comme si, en se touchant de leurs épées, il avaient fait remonter à la surface ce qu'il y avait de tendre fraternité au fond de leurs cœurs !

— Il faut que je sache à quoi m'en tenir, se dit Hérille.

Les voitures qui avaient amené les malles du voyageur étaient reparties, laissant libre le seuil de l'hôtel. Hérille y fit avancer la sienne. Il descendit à son tour et s'informa. Ce personnage, qui venait de Rio de Janeiro, avait fait retenir pour deux jours seulement tout le premier étage, l'appartement réservé d'habitudes aux altesses. On ignorait son nom. Hérille ne put en savoir davantage. Embarrassé, il se demandait comment obtenir une certitude. Malgré sa tenue soignée et le coupé marqué à son chiffre qui l'attendait à la porte, il se sentait en posture de solliciteur à l'égard des gens de l'hôtel, lesquels répondaient d'assez mauvaise grâce à son enquête. Un instant l'idée lui vint de faire passer sa carte, afin de montrer au moins qui il était, mais il s'exposait ainsi à

ce qu'on la lui retournât sans même un mot d'excuse, si celui qu'il demandait n'était pas Archambault. Confus déjà d'avoir cédé à son mouvement de curiosité, il se disposait à partir quand par l'ascenseur vitré de la cour il vit descendre le personnage à la pelisse de fourrure et à la large barbe grisonnante. Plus de doute! c'était bien son camarade. Mais lui, allait-il aussi le reconnaître ? et, s'il le reconnaissait, quel accueil allait-il lui faire ?

Hérille s'était placé en face d'Archambault, dans la pleine lumière de cette vaste cour, où montaient des palmiers et d'autres plantes exotiques. Il attendait que les regards du Bourguignon vinssent à croiser les siens, Et en effet, les yeux d'Archambault — toujours ces mêmes yeux dont les globes saillaient hors l'orbite — s'arrêtèrent une seconde sur Hérille. Il y eut indécision, puis rapide opération mentale, et tout à coup un cri de joie sincère :

— Hérille ! ce bon Hérille !

Les deux hommes s'étreignirent. Ils sortirent ensemble de l'hôtel.

— Eh bien, qu'es-tu devenu ? dit Archambault à Hérille en passant son bras sous le sien, comme s'il ne l'eût quitté que de la veille.

Hérille, en deux mots, raconta ce qu'il avait fait. Mais il avait hâte surtout d'apprendre quelque chose de son ami. Il l'interrogea.

— Moi ! c'est bien simple, dit Archambault, j'ai suivi le programme que je m'étais tracé. J'ai débarqué à Rio et j'ai travaillé nuit et jour sans me préoccuper d'autre chose. Aujourd'hui je possède des millions et un palais à Pétropolis.

Il était venu à Paris pour quarante-huit heures seulement; une affaire importante à traiter chez un des plus gros banquiers de la place. Et il s'y rendait tout de suite, à pied, pour se reposer de la longue inaction du voyage.

— Les affaires d'abord ! c'est mon principe, dit-il à Hérille; mais cela liquidé, nous nous retrouverons, j'espère. Veux-tu que nous dînions ce soir ensemble à l'hôtel ?

— Viens plutôt chez moi, dit Hérille; je te présenterai à ma femme.

— A quoi bon ? fit Archambault en riant. Si elle est jolie, je lui ferai la cour, et je te connais, tu seras jaloux. Si elle est laide, autant que nous nous privions l'un et l'autre de passer la soirée en sa compagnie. Viens me rejoindre à huit heures, je t'attendrai.

Il était bien resté le même, sceptique et

bon enfant, malgré son immense fortune si vite acquise. Hérille était ravi de cette rencontre imprévue. Il allait donc pouvoir enfin se détendre dans une atmosphère de franche cordialité, causer librement du passé, du présent et de l'avenir. Toute la journée il fut soulevé par cette pensée; il se sentait redevenir jeune, rien que d'avoir serré la main de son ancien camarade de jeunesse. Et pourtant Archambault avait vieilli vite, plus vite qu'Hérille. Le climat brûlant de l'Amérique du Sud avait fait des ravages sur sa tête restée belle et énergique, bien que marquée par les plis de la fatigue. Malgré sa haute taille, il s'était « tassé », avait pris dans sa démarche quelque lourdeur. Hérille, au contraire, était resté droit et ingambe ; ses cheveux et sa barbe n'avaient pas subi la moindre décoloration, mais sa vigueur morale, plus que celle d'Archambault, s'était usée contre les aspérités de l'existence. Ainsi qu'il arrive assez souvent, la demi-réussite lui avait coûté plus d'efforts qu'à son camarade le plein et abondant succès.

Il avait demandé à Octavie la permission de ne pas dîner avec elle ce soir-là. Et Octavie, sans aucune observation, s'était empressée de lui rendre sa liberté. Elle ne le gênait guère dans ses sorties, ne l'interrogeait jamais quand il lui arrivait d'être en retard, ne lui témoignait jamais de mauvaise humeur, même quand elle eût pu se croire en droit de le faire. Il lui savait gré de cette confiance, et recherchait d'autant plus la présence de sa femme qu'elle semblait moins empressée à la lui imposer.

Comme on était encore à la fin de l'hiver, la nuit était close depuis longtemps quand il arriva place Vendôme. Le vaste quadrilatère, insuffisamment éclairé par des candélabres, lui fit l'effet d'un lac d'ombre d'où surgissaient çà et là des mâts de lumière. Cependant, l'hôtel où Archambault était descendu marquait le rivage avec la profusion de ses fenêtres illuminées : tel quelque palais de rêve offrant une hospitalité fastueuse au désirs lassés du voyageur. Hérille, de qui l'âme était sensible aux mobiles aspects des choses, crut voir dans l'impression qu'il recevait du dehors le signe sensible de ce singulier hasard qui le faisait se rejoindre de si loin avec Archambault. Il eut le pressentiment que quelque partie de sa destinée allait se jouer de nouveau dans cette rencontre.

Le dîner avait été servi dans l'appartement même qu'occupait Archambault.

— J'ai pensé que nous serions mieux ici pour causer, lui avait dit son ami en se mettant à table.

Et ils causèrent en effet. Hérille retrouvait toute sa verve de l'ancien temps. Il raconta son mariage, ses succès au Palais.

— Alors tu es heureux ? conclut Archambault.

— Heureux ! Qui peut se vanter de l'être entièrement ? répondit Hérille.

— Moi ! déclara le Bourguignon.

On était au dessert. Les deux hommes avaient allumé de gros cigares. Archambault s'étendit sur un divan.

— Oui, reprit-il ; j'ai eu ce bonheur incomparable, supérieur à tous les autres, de pétrir ma vie et de la faire semblable à mon rêve. L'artiste se met devant un modèle et se dit : Je reproduirai cette forme vivante et je la rendrai éternelle ; mais bientôt il est las de cette matière insensible, qui n'a obéi que passivement à son désir, et il cherche d'autres moyens de réaliser tout ce qu'il y a en lui de perpétuelle et mouvante inquiétude. Pour moi, c'est dans ma volonté seule que j'ai puisé le dessin de ce que je suis. J'ai été à moi-même ma propre statue, que j'ai édifiée à l'image du dieu secret dont je sentais palpiter l'âme au fond de ma poitrine. J'ai voulu être riche, je le suis ; j'ai voulu être puissant et honoré, je le suis. Là-bas, à Pétropolis, j'ai des hommes qui m'obéissent en esclaves et des femmes qui s'appliquent à deviner mes moindres caprices.

Il se versa une coupe de champagne, qu'il but lentement, les yeux à demi clos ; Hérille le regardait curieusement. Ce visage aux paupières abaissées, entre le front où les cinq bosses de l'intelligence apparaissaient et la barbe puissamment annelée, était celui d'un demi-dieu ou d'un héros ; masque énergique et voluptueux, sur lequel la force et la douceur se mêlaient pour donner l'impression d'un être apte à goûter toutes les joies de sa vie.

Archambault, après un instant de silence, rouvrit les yeux.

— Viens au Brésil avec moi, dit-il à Hérille. Si tu veux suivre mes conseils, en quelques années ta fortune sera faite.

— Je suis trop vieux pour recommencer un nouvel effort, répondit Hérille. C'est il y a quinze ans que j'aurais dû partir avec toi.

Mais Archambault se récria :

— Tu n'es pas vieux ! Quand je t'ai aperçu ce matin dans la cour de l'hôtel, tu m'es apparu tel que le jour où nous sommes allés sur le terrain pour je ne sais plus quelle rivalité amoureuse. Fallait-il que nous fussions fous alors !

Ils sourirent. Archambault, dans la joie épanouie de sa nature réfractaire au regret, Hérille avec un peu d'amertume.

— Pourquoi ne viendrais-tu pas ? répéta Archambault. D'après ce que tu m'as raconté de ton existence, aucun intérêt capital ne te retient à Paris.

— Tu oublies que je suis marié, dit Hérille.

— Emmène ta femme. Elle te saura gré de lui faire là-bas une vie plus large et meilleure. Ou, si elle ne veut pas te suivre, laisse-la pour quelques années et reviens avec une fortune qui lui fera te pardonner aisément ton absence.

— Non, dit Hérille résolument.

Il ne se sentait pas le courage d'abandonner Octavie, sa maison, Maître Rivolat, à qui il était devenu si nécessaire. Le reste de la soirée il fut mélancolique, ne prêtant plus qu'une attention intermittente aux récits merveilleux d'Archambault.

— Tu réfléchiras, lui dit son ami, quand ils se quittèrent. La vie a parfois des retournements soudains. Si quelque chose de pareil t'arrivait, tu saurais où venir me rejoindre.

VIII

On eût dit qu'Octavie avait eu l'intuition du nouveau sacrifice qu'Hérille avait consenti pour l'amour d'elle. Depuis quelque temps elle devenait plus accessible et, pour ainsi dire, plus humaine. Sa grande ardeur pour les réceptions d'apparat s'était aussi apaisée. Il lui arrivait souvent de refuser, malgré des instances, les invitations qui lui étaient faites. Hérille, qui n'avait jamais aimé le monde, s'en réjouissait. Leur vie était beaucoup plus agréable, telle qu'elle se déroulait à présent, dans le cercle de quelques relations intimes, parmi lesquelles Sylvère et Clotilde se trouvaient toujours au premier rang. Les deux ménages en étaient arrivés à se voir presque quotidiennement. Hérille, qui avait conservé l'habitude d'étudier la raison des choses, s'étonnait lui-même de cette bonne intelligence constante. Entre Octavie et Clotilde, pas plus qu'entre lui et Sylvère, les points de rapprochement n'étaient nombreux. Quelquefois, dans les heures d'abandon où l'on se dépouille à l'égard de soi-même de toute hypocrisie, il en arrivait à s'avouer que le hasard avait mal réalisé les intentions de la nature et que

sans doute il eût été mieux appareillé avec Clotilde, de même que Sylvère avec Octavie. Clotilde était toute simple, pleine de grâce et de bonté. Certes elle était loin d'avoir la beauté plastique de son amie ; une autre beauté, celle de son âme, rayonnait sur son visage. Ces dons ne semblaient pas toucher Sylvère ; il professait à l'égard de sa femme une indifférence dont s'indignait Hérille, et cela augmentait l'intérêt qu'il portait à l'épouse méconnue. Dans la poignée de main qu'il lui donnait, dans la façon dont il la regardait, elle devait deviner sans doute cette nuance de leur amitié.

Mais si les choses n'allaient pas plus loin entre eux qu'une sympathie cordiale, c'était plus encore que n'en témoignaient à l'égard l'un de l'autre Octavie et Sylvère. Malgré leurs entrevues si fréquentes, jamais la moindre familiarité ne se glissait dans leurs propos. A peine se regardaient-ils en conversant ensemble. Pendant les repas, ils laissaient volontiers la parole à Clotide et à Hérille, qui, sans y prendre garde, dialoguaient avec animation. Là encore une contradiction se produisait dans les caractères respectifs de chacun : Sylvère, ordinairement loquace, devenait silencieux, et le silencieux Hérille devenait bavard.

Le printemps était apparu, amenant une série de journées délicieusement tièdes. Pour la première fois depuis son mariage, Octavie exprima l'envie de quitter Paris et de s'installer à la campagne. Mais maintenant il n'y avait plus de bon projet sans Clotilde et Sylvère. Eux, d'habitude, passaient la belle saison au bord de la mer, aussitôt que leurs deux enfants — deux jumeaux qu'ils avaient eus dès la première année de leur mariage — quittaient le collège où ils étaient internés. Octavie, qui était habituée à réaliser promptement ses désirs, pressa Hérille de tout arranger. Ne pourrait-on louer deux propriétés voisines, assez près de Paris toutefois pour que les affaires de son mari n'en souffrissent point ? Quant à Sylvère, ses œuvres de longue haleine ne l'astreignaient pas à des allées et venues fréquentes.

Aux premières ouvertures que lui fit Hérille à ce sujet, Clotilde se récria ; les bains de mer étaient ordonnés à ses fils, chétifs tous les deux depuis leur naissance ; Sylvère lui-même y faisait chaque année provision de force. Le romancier affectait de ne pas prendre part à la discussion : « Il faut laisser les femmes décider entre elles » disait-il. Cependant Hérille insistait ; il avait à cœur de rapporter à Octavie une réponse favorable,

Que n'avait-elle entamé elle-même ces négociations! Mais toujours elle demeurait sur les hauteurs, n'aimant pas à se mêler des arrangements domestiques. Enfin, il risqua un argument qui lui paraissait décisif : on louerait une seule propriété, et Sylvère et Clotilde viendraient s'y installer jusqu'à l'époque où leurs enfants entreraient en vacances. Ses yeux insistaient affectueusement en regardant Clotilde. Elle accepta : « C'est entendu, conclut alors Sylvère, nous n'aurons qu'une maison et qu'un cœur; ce sera délicieux. »

Ce fut délicieux, en effet. Hérille avait découvert à vingt kilomètres de Paris un petit castel Louis XIII, entouré d'un parc vallonné que traversait un filet de rivière. Une douceur exquise y régnait. Le soir, quand l'avocat fatigué, rentrait de ses affaires, il s'étendait voluptueusement devant le bassin de verdure que formaient les herbes profondes au fond du vallon; Octavie rêvait à côté de lui, les yeux immobiles; Sylvère et Clotilde ne prononçaient pas une parole. Quant à Hérille, il ne songeait à rien, il ne désirait rien, se laissant enliser tout doucement dans le bien-être, dînant bien, buvant bien, heureux du bonheur conjugal que sa femme avait su lui ménager. Les enfants, il est vrai, n'étaient pas venus resserrer leur union; mais, après en avoir beaucoup souffert, Hérille avait fini par en prendre son parti. Il considérait même que les choses étaient mieux ainsi, eu égard à sa propre tranquillité. Il se défiait de sa tendresse instinctive, de ce besoin de se donner tout entier qui longtemps l'avait dominé, en dépit de sa volonté et de sa raison.

De même que ses désirs, ses ambitions s'étaient apaisées. Il ne cherchait plus à être ni à posséder davantage. Les sacrifices qu'il avait faits à la paix de son ménage et au bon plaisir d'Octavie l'avaient attaché plus étroitement à elle. Il en était venu à l'aimer de cette affection solide et chevillée aux entrailles qui unit les époux après quelques années d'existence passées sans dissensions graves. Il avait même renoncé à approfondir le caractère d'Octavie, cette énigme d'une âme féminine qui l'avait si longtemps troublé. A quoi bon se tourmenter de chimères, et vouloir sonder l'inconnu? Sans doute, comme beaucoup d'autres femmes, la sienne était dénuée de préoccupations intellectuelles ou sensuelles. Elle avait la sagesse de prendre la vie telle que la destinée l'offrait à elle, et se contentait de la part de bonheur dont elle pouvait jouir raisonnablement. L'étrangeté de ses yeux avait cessé d'intriguer Hérille; il s'y était habitué, de même qu'on s'habitue à regarder les étoiles, sans s'inquiéter de connaître leur mystère. Que d'étoiles d'ailleurs sont vides, ne sont que des reflets d'autres lumières à elles-mêmes inconnues! Ainsi Hérille pensait dans la tranquillité de son âme que derrière les prunelles d'Octavie aucun feu ardent ne brûlait.

IX

Brusquement il fut culbuté de sa quiétude. Comme il rentrait un soir, à l'heure du dîner, il s'étonna de voir de loin les sièges du jardin vide devant la maison, et la porte d'entrée ouverte. Ordinairement, à ce moment de la journée, Octavie, assise entre Sylvère et Clotilde, l'attendait. Bien que mille choses eussent pu changer l'ordre de leurs habitudes, Hérille se sentit tout à coup le cœur traversé d'une grande angoisse; il courut jusqu'au perron, qu'il monta d'un trait, et se trouva dans l'antichambre en face de Clotilde.

La femme du romancier avait les cheveux en désordre et les yeux cernés de plaques violettes. Elle se jeta sur Hérille avec emportement.

— C'est fini! Ils sont perdus, perdus pour nous!

Mais Hérille ne songeait qu'à Octavie :

— Un accident? Elle est malade? Dites-moi où elle est!

Alors Clotilde éclata d'un rire nerveux.

— Non? Vous ne savez rien? Vous ne vous doutez pas de la vérité?

— Quelle vérité? Parlez! dit Hérille.

Il avait saisi Clotide par les poignets, et de force l'entraînait dans le salon voisin. Maintenant un peu de cette abominable vérité lui apparaissait. Cependant il ne voulait pas y croire encore.

— Parlez! répéta-t-il, la gorge sèche.

Clotilde s'affala sur un divan :

— Il y a trois ans que j'étais au courant de leur intrigue. Un jour, en rentrant plus tôt qu'ils ne m'attendaient, je vis à travers un rideau de guipure leurs deux ombres jointes. Je crus mourir de désespoir, mais je ne dis rien à Sylvère...

Hérille l'interrompit brusquement :

— Octavie, Octavie, où est-elle enfin ?

— Partie! Elle est partie avec lui depuis ce matin. O mon pauvre Hérille, nous sommes bien malheureux !...

Des larmes lui inondaient le visage. Quant à Hérille, il ne pleurait point; il restait, la tête droite, les mains ouvertes, en proie à tant d'alarmes diverses que son cerveau en était comme aboli. Octavie, cette Octavie en la vertu de qui il avait toujours cru avec une foi invincible; Octavie, qui faisait partie intégrante de sa vie, et qui était devenue réellement la chair de sa chair, avait pu le tromper depuis longtemps, depuis si longtemps, sans qu'il s'en doutât! Une colère lui battait aux tempes, augmentée par l'impuissance où il se trouvait de se venger sur les coupables, qui avaient déjà mis un jour de distance entre lui et eux. A la fin, cette colère se tourna contre Clotilde.

— Et vous ne disiez rien? Et vous aviez la lâcheté, la sottise de souffrir cela?...

Clotilde se redressa au milieu de ses larmes :

— Lâcheté et sottise peut-être; mais ne comprenez-vous donc pas que si j'avais parlé la catastrophe qui nous atteint aujourd'hui se serait aussitôt produite? Et cette catastrosphe, je voulais l'éviter à tout prix pour mes fils, pour mes deux enfants. Ah! Sylvère le savait bien que l'impunité lui était assurée...

Hérille sourit amèrement.

— Oui, vous, vous aviez des raisons d'être clémente. Mais moi, vous auriez dû me prévenir au moins, ne pas me laisser jouer ce rôle ridicule et odieux!

Il s'était levé et marchait à grands pas menaçants à travers la salle. Clotilde l'arrêta d'un geste.

— J'étais persuadée que vous saviez tout, dit-elle à voix basse.

Il éclata :

— Complaisant alors! Complice de leur infamie! c'est parfait!

— Non, Hérille. Mais souvent je surprenais vos regards posés sur les miens avec une expression de sympathie ou de pitié; je croyais que vous pensiez alors à notre commune affliction; et je me disais : Il fait comme moi, il souffre sans rien dire pour éviter un pire malheur.

— C'est bien, dit Hérille. Vous êtes une femme, vous ne pouvez pas comprendre ni sentir ce que je sens. Adieu, Clotilde!

Il sortit. Sa détermination était prise. Il quitterait la propriété le soir même; il irait à Paris s'installer dans un hôtel; car il ne voulait même pas rentrer chez lui, ni se montrer à personne. Il monta l'escalier, et se rendit dans son cabinet de toilette pour prendre les objets indispensables à son départ.

La porte qui donnait accès à la chambre conjugale était ouverte. Une force inconsciente le poussa jusque-là. Il revit les meubles où Octavie avait coutume de s'asseoir, il respira son odeur attachée aux lambris et aux tentures. Au fond, le grand lit debout, surmonté d'un crucifix, occupait la place d'honneur. Hérille se rappela que la veille au soir encore Octavie l'avait accueilli dans ses bras comme de coutume, qu'ils avaient reposé doucement l'un à côté de l'autre; et d'une telle misère de corps et d'âme sa colère se fondit. Il tomba à genoux devant le lit désormais maudit, et pleura.

Cependant la chambre se remplissait de ténèbres. Hérille sanglotait encore, le front contre la paroi du lit. Il laissait couler dans ses larmes tout l'océan d'amertume qui roule dans son flux et reflux les êtres humains, entre les deux rivages de la naissance et de la mort. Et son âme sombrait dans cette désolation. A son malheur présent se mêlait le regret du bonheur dont il avait joui près de la femme infidèle; or, cette rancœur lui était plus abominable peut-être à supporter que la ruine même de sa vie. Des détails lui revenaient à la mémoire; des phrases passionnées qu'il avait dites, des sensations qu'il avait éprouvées, le faisaient rougir de l'imbécillité qu'il avait eue de croire à ces choses vaines : la vertu, l'honneur, l'amour, de se laisser aller stupidement à goûter les joies matérielles de l'existence, entre les deux êtres perfides qui le trahissaient!

Quand il se releva, la nuit était tout à fait venue. Il alluma une lumière et s'approcha de la table où Octavie avait coutume de faire sa correspondance. Il y trouva une lettre à son adresse; elle était de la main de sa femme. Son premier mouvement fut de la jeter au loin avec dédain. Il se ravisa cependant et l'ouvrit :

« Hérille, lui disait l'infidèle, je pars avec Sylvère qui lui du moins saura me donner les satisfactions auxquelles j'ai droit. Si je vous écris, c'est pour vous ôter toute velléité de rapprochement entre nous. Votre pardon me serait odieux. Jamais je ne vous ai aimé.

« En vous épousant, j'avais espéré que vous me feriez la vie heureuse. Je voulais surtout être libre et maîtresse de choisir moi-même mon bonheur. L'occasion s'offre à moi de posséder enfin ce bonheur que vous n'avez pas su me procurer. Pour ma part, je n'éprouve aucun remords, mais j'ai quelque pitié pour vous, qui vous êtes mépris si complètement sur le sens de votre destinée. — Adieu, Hérille. Je vous souhaite de m'oublier, puisque je vous ai été néfaste.

« OCTAVIE. »

X

La lettre d'Octavie avait exaspéré Hérille. Après la crise subie par sa sensibilité, l'énergie de l'orgueil lui était revenue. Il était rentré à Paris, décidé à se venger de cette créature perverse, qui n'avait accepté d'être son épouse qu'afin de pouvoir mieux se livrer à ses vils instincts.

Agir ne l'embarrassait point. Ses connaissances juridiques lui donnaient le choix des moyens. Il lui était facile, ne fût-ce qu'avec cette lettre où Octavie avouait cyniquement sa faute, de la faire condamner et flétrir publiquement. Il pouvait encore la poursuivre et essayer de découvrir l'endroit où elle se cachait avec Sylvère. Il pouvait lui tendre un piège en jouant d'abord l'indifférence, et en la forçant ensuite à réintégrer le domicile conjugal. Mais cette dernière combinaison, qui eût été la plus simple, lui paraissait monstrueuse par l'obligation où elle le mettrait de se retrouver en présence de l'infidèle.

Ne plus la revoir jamais, l'effacer entièrement de sa mémoire, voilà ce que souhaitait Hérille. Mais pour le moment il lui fallait, au contraire, rassembler autour de son image tout l'effort de son esprit. Que de fois pour des causes étrangères il avait ainsi préparé l'échafaudage de ses argumentations ! Il avait défendu ou accusé, développé le pour et le contre, selon les besoins de la cause qui lui avait été confiée. Combien tout cela lui paraissait vain et faux aujourd'hui ! Un avocat comme lui viendrait à son tour plaider en faveur de l'épouse coupable, et trouverait pour la disculper des arguments semblables à ceux qu'il avait si souvent employés lui-même...

Un matin il sortit de bonne heure pour se rendre chez l'avoué à qui il avait résolu de remettre le soin de son affaire. Il marchait vite, rasant les murs comme s'il redoutait quelque rencontre. Son pressentiment ne le trompait pas : sur le trottoir d'en face il aperçut le père d'Octavie. Un coup de lance lui traversa le cœur, en même temps que toute sa honte à la fois lui remontait au visage. L'étrange de sa situation, qui le faisait passer comme un inconnu auprès de cet homme dont il avait été presque le fils, augmentait encore son malaise. Cependant Maître Rivolat ne l'avait pas aperçu. Il marchait, le dos voûté, le front penché vers le pavé, vieilli de dix années en dix jours. Hérille comprit que la souffrance de cet homme était au moins égale à la sienne, que d'autres larmes, aussi amères que celles qu'il avait versées, avaient dû creuser les joues pâles, privées désormais du filial baiser. Et cependant, en agissant contre Octavie c'était contre le père aussi qu'il agissait et leur malheur, dont la cause était commune, allait se tourner contre eux et les diviser davantage. Un élan le poussa à traverser la rue, à tendre la main à Maître Rivolat. Mais sa dignité personnelle le retint. Les convenances exigeaient qu'il traitât ce vieillard en ennemi.

Mon Dieu ! qu'il se sentait las et que chaque pas qu'il faisait le torturait douloureusement ! Oui, quelle nouvelle douleur que cette démarche chez l'avoué, par qui son infortune, encore secrète, serait bientôt rendue publique ! Jusqu'à présent il n'avait été que malheureux ; à partir de maintenant il allait devenir ridicule, puisqu'il est entendu qu'un mari trompé doit forcément être tenu pour un objet de risée et de gouailleries. La pensée de Clotilde lui revenait en même temps à l'esprit. Que faisait-elle ? Comment avait-elle organisé sa vie, après le premier moment d'effarement ? Qu'ils le voulussent ou non, leur infortune était la même. Ne devait-il pas être fixé définitivement sur ses intentions, avant de rien entreprendre ?

La maison qu'habitait la femme de Sylvère était assez proche. Il s'y rendit, satisfait de se donner ce dernier sursis, avant de remuer toutes les turpitudes que devait comporter l'accusation. Plus il y réfléchissait, et plus l'idée de la procédure qu'il allait engager lui était horrible ; sa délicatesse répugnait à étaler au grand jour les secrets intimes de sa vie. Cela était nécessaire pourtant. Tôt ou tard il faudrait avoir recours à la loi pour défaire ce qui avait été fait. Des questions d'intérêt se trouvaient enchevêtrées étroitement à celles d'ordre moral. Ainsi les conséquences de la faute d'Octavie devenaient incalculables, comme celles du premier péché.

Il monta trois étages et sonna à l'appartement de Clotilde. Elle-même vint lui ouvrir, digne et calme, presque souriante. Ses deux jumeaux, de taille et de visage semblables, parurent derrière elle. Le logement était en ordre, respirait la paix.

— Entrez par ici, Hérille, dit Clotilde.

Elle l'introduisit dans un petit salon, où un ouvrage de tapisserie était commencée sur un métier. Des fleurs fraîches s'épanouissaient dans la pureté d'un vase de cristal. Ils s'assirent.

— Je suis heureuse de vous voir, dit-elle.

Puis soudain l'expression de son visage changea ; une angoisse se répandit sur ses traits. Elle lança à Hérille un regard suppliant :

— Vous n'avez encore rien fait, n'est-ce pas ?

— Non, dit Hérille ; je suis venu d'abord à vous. Mais vous, qu'avez-vous décidé ? Qu'attendez-vous ?

— Vous le voyez, fit-elle simplement ; j'attends que Sylvère revienne.

Elle lui expliqua alors ses espoirs : un jour viendrait fatalement où les deux amants se lasseraient l'un de l'autre, où Sylvère repenserait à son foyer et voudrait retrouver ses fils. Ce jour-là elle lui ouvrirait des bras cléments et le passé serait oublié.

Oublié, ignoré même... Pour éviter que ses enfants connussent la vérité, elle avait renvoyé les domestiques ; elle faisait le ménage à elle seule, suffisant à tout. Hérille, la tête basse, songeait...

— Le pardon est encore la meilleure vengeance, croyez-moi, dit-elle.

Il l'admirait ; mais, quant à lui, jamais il ne pourrait l'imiter ; jamais, il y était décidé, il ne reverrait Octavie. Un peu de la mansuétude de Clotilde était cependant entré dans son âme. Il ne désirait plus qu'une chose : reprendre sa liberté, n'importe comment, à n'importe quel prix, dût-il passer pour le coupable, être condamné lui-même par le monde et par les juges. Oui, recommencer une vie nouvelle, sous un autre ciel, ailleurs, ailleurs, quelque part où rien de ce qui le torturait maintenant ne se présenterait plus à ses yeux !...

Et Hérille soudain pensa à Archambault, qui lui avait donné rendez-vous là-bas, dans le pays des larges espaces et de l'or.

TROISIÈME PARTIE

I

Le navire qui emportait Hérille vers le Brésil avait déjà traversé la ligne équinoxiale. De plus en plus la masse profonde des flots s'accumulait entre le voyageur et ce qu'il avait laissé derrière soi. Quinze jours avaient suffi de cette existence sans autre horizon que la mer et le ciel pour apaiser la terrible tourmente de son âme ; de nouvelles énergies s'étaient amassées en lui ; certaines de ses facultés, non employées jusque-là, se réveillaient et reprenaient leur place dans l'équilibre de sa nature rendue à elle-même. Il s'étonnait, maintenant qu'il se sentait libre, d'avoir pu vivre si longtemps enfermé dans l'étroitesse d'une vie toute de conventions. A vrai dire, les dernières semaines qu'il avait passées à Paris lui avaient été particulièrement odieuses. Malgré les précautions prises, la fugue d'Octavie avait fini par être sue, et cette nouvelle, longtemps tenue secrète, avait fait explosion comme une fusée qui reste suspendue dans l'air avant d'éclater avec fracas. Alors l'existence était devenue insupportable pour Hérille. A chaque instant la blessure de son cœur se rouvrait. Il avait dû subir les demi-sourires de raillerie, les mille et une allusions dont on a coutume de poursuivre un mari trompé. Et il étouffait au milieu de cette atmosphère. Maintenant il était à l'abri de ces ineptes vexations; il pourrait enfin laisser reposer sa sensibilité, et panser la plaie de son orgueil, en se donnant à lui-même sa propre mesure.

Car toutes ses ambitions lui étaient revenues. Il avait quarante ans et il était son seul maître. Il voguait vers un pays admirablement fécond en ressources. Il allait retrouver un ami sûr, qui lui ouvrirait dès l'arrivée sa large main cordiale. Le passé oublié, l'avenir lui paraissait désirable, plein d'attrayantes promesses. Tout ce qu'Archambault lui avait raconté des merveilles du monde exotique commençait à se réaliser pour lui dans l'étincelante lumière des tropiques et dans le bleu immarcescible des flots. Il y rêvait, assis près des bastingages, le soir, tandis que le soleil lentement disparaissait derrière l'horizon. Heure exquise dont la félicité entrait abondante dans son âme! Véritablement, devant cet infini, devant la gloire du soleil couchant éclaboussant le zénith de ses flambées rouges, ses malheurs personnels et l'accident qui avait changé le cours de sa vie lui semblaient puérils et négligeables. Qu'étaient, en présence de l'impérissable nature, les vicissitudes d'un atome tel que lui? L'énorme na-

vire même, balancé au rythme des vagues, ne pesait pas plus qu'un alcyon sur l'écume mouvante de leurs crêtes. Un grand silence où sombraient les bruits immédiats du bord, s'étendait au large, s'associait aux profondeurs de la nuit. Hérille songeait à l'étrange destinée qui le poussait aux rives du Nou-

veau Monde, et il se sentait aussi un nouvel homme racheté et fortifié par la douleur. De toutes ses épreuves passées il ne gardait plus qu'un souvenir brumeux mélangé de pitié, comme si là-bas un autre Hérille était resté, frère de celui qui naviguait en ce moment sous la pureté des étoiles. Tard dans la nuit il prolongeait ses méditations. Un ciel de velours sombre, sablé d'une infinité d'astres, ruisselait au-dessus de sa tête; et ce ciel même lui semblait tout autre que celui dont souvent l'autre Hérille avait contemplé la face immuable. Jamais telle splendeur nocturne n'avait enchanté ses regards.

Il lui tardait néanmoins d'être arrivé. Une curiosité passionnée le prenait d'apercevoir les premiers contours de ce pays, où il était décidé à vivre. Un matin, comme il était encore couché dans sa cabine, il entendit des pas précipités sur le pont et des voix qui annonçaient la terre. Il se précipita pour voir; le cœur lui battait.

C'était bien la terre en effet, la ligne dentelée des montagnes des Orgues, baignées de lumière; elles s'élevaient en sentinelles le long du rivage et descendaient en pente rapide jusque dans les flots. Parfois, une large bande de sable, comme une plaque d'or uni, les séparait de l'Océan. A mesure que le navire avançait, leurs formes devenaient plus distinctes. Mais d'autres visions encore sollicitaient les regards d'Hérille. La ville était là, tout près, invisible encore, mais certaine. Au tournant de la baie mystérieuse, que gardait un portail de roches, il allait tout à l'heure, dans un instant, la voir apparaître. Et ce passage étroit, qu'il fallait franchir pour atteindre le but de sa course, lui semblait le seuil de quelque lieu redoutable, enfer ou paradis inconnu.

Le navire s'était engagé dans l'étroit chenal: tout à coup la baie immense, incomparable, se développa dans toute sa surprenante splendeur. On eût dit une création à part où toutes les espèces, tous les êtres se trouvaient représentés. De hautes roches de granit formaient une ceinture aux eaux frémissantes. Des oiseaux lacustres, noirs et bleus, volaient à grands coups d'aile sur ces espaces. Des îles surgissaient parmi les flots, échevelées, d'une végétation folle; des fleurs énormes, palpitantes et ouvertes, y prenaient l'aspect de la vie animale; les tiges sarmenteuses s'enlaçaient comme des serpents au stipe immobile des palmiers. Et à l'ouest de la baie, embrassant la sinuosité des plages, la ville lumineuse et claire, coiffée de palais et de coupoles, s'élevait. Derrière elle, des collines plantées de vergers opposaient leur rousseur et la maturité de leurs fruits à la blanche stratification des roches.

Hérille était ivre de tant de beauté. Jamais l'intensité de la vie cosmique, de ce grand pouvoir secret qui met en jeu les forces physiques des mondes, ne lui était apparue aussi manifestement. Il se sentait baigné dans un fluide palingénésique ; il respirait des effluves encore embaumés du parfum primitif des choses. La nature se révélait à lui-même comme l'Ève du jardin d'Éden, adulte et nubile sans avoir traversé l'ingrate enfance. Un amour, un grand désir le poussait vers elle. Il tendait les bras vers sa jeunesse féconde, vers sa bonté à la fois maternelle et nuptiale.

II

Le premier souci d'Hérille en débarquant avait été de rejoindre Archambault à Pétropolis. Il y arriva le même soir, après avoir traversé dans toute sa profondeur la baie merveilleuse. Un paysage de montagnes, aux arêtes puissamment escarpées, s'allongeait derrière la petite ville de climat paradisiaque, où les habitants de Rio ont coutume d'installer leur villégiature. Pour y atteindre, il fallait encore une heure de chemin de fer. Puis Hérille se dirigea seul, à pied, vers la demeure de son ami.

Il s'avançait lentement au milieu de tout cet inconnu qui l'entourait. Malgré la beauté des sites et le coloris prodigieux partout épandu, il ne songeait plus maintenant à admirer. Son esprit était préoccupé uniquement d'Archambault. Pour plusieurs raisons, dont la principale était une certaine pudeur qui lui rendait douloureuse la confession de ses malheurs conjugaux, il avait jugé préférable de ne pas prévenir son ami de son arrivée. Il allait donc le surprendre au milieu du train habituel de son existence. N'y avait-il pas un peu d'exagération dans ce que le Bourguignon lui avait raconté de sa fortune ? et les allures de nabab qu'il affectait en voyage n'étaient-elles pas comme un riche manteau jeté sur ses épaules et dont il s'empressait de se dépouiller aussitôt rentré chez lui ? Comment vivait-il ? De quels moyens d'action disposait-il ? Autant de questions qu'Hérille s'adressait, sans pouvoir arriver à les résoudre. Mais sa curiosité ne se changeait pas en inquiétude. Il avait confiance dans l'amitié, et il s'y réfugiait

tout entier, après avoir été si cruellement déçu par l'amour.

La petite ville, parsemée de maisons de plaisance, était fleurie et embaumée comme un grand jardin. Au milieu, une rivière coulait, basse et clapotante, sur des cailloux clairs, entre des remparts de verdure. Hérille savait qu'Archambault devait demeurer près de là. Il se dirigea vers une habitation qui lui semblait répondre assez bien à celle qui lui avait été décrite. Cependant, à mesure qu'il s'en approchait, un doute le gagnait. Cette maison, vaste et imposante, affectait des allures si magnifiques qu'elle semblait plutôt devoir être la résidence de quelque prince ou même celle du chef de l'État. Comme la nuit était venue, des quantités de lumières flamboyaient derrière les baies vitrées des fenêtres. Les jardins, tout autour, s'illuminaient de mille lueurs qui s'irisaient doucement entre les feuillages. On eût dit que les étoiles du ciel tombaient une à une dans les bosquets et y suspendaient leur flamme tremblante. En même temps une musique volupteuse se répandait dans l'air avec la langueur d'un parfum.

Était-ce vraiment là qu'habitait Archambault ? Hérille, indécis, hésitait à pénétrer. Mais un détail connu d'avance lui montra qu'il ne se trompait point : il aperçut devant le seuil un grand chien portugais dont Archambault s'était fait accompagner durant son voyage à Paris. L'animal, couché à la manière des sphinx d'Égypte, regardait, immobile, les visiteurs. Hérille se souvint que son ami lui avait vanté les qualités extraordinaires de ce chien, et que, superstitieux comme tous les gens qui tentent la fortune, il attribuait à sa possession une partie de son étonnante réussite. Il s'approcha. Deux nègres qui se tenaient près du portail, et qu'il avait pris de loin pour des cariatides, lui indiquèrent de quel côté il devait se rendre pour rencontrer le maître du logis.

Archambault était étendu dans un hamac, à l'entrée des jardins, devant un massif de bignonias d'un bleu éclatant. Un femme, dont le teint extraordinairement blanc s'accusait dans la pénombre du soir, était étendue elle aussi dans un autre hamac, auprès de lui. Elle était vaporeusement vêtue de mousseline couleur orange, qui faisait ressortir mieux encore la clarté de son visage d'opale. Hérille ne distingua rien de ses traits tout d'abord que sa bouche : une tache rouge au milieu de cette blancheur. Et tout suite il pensa aux fleurs labiées teintées de pourpre, dont le rivage lui avait offert à l'arrivée l'enivrante approche.

Cependant Archambault, qui avait reconnu Hérille, le recevait avec de grandes démonstrations d'amitié.

— La senhora Alessandrina, dit-il enfin, après les premières effusions du revoir.

Hérille s'assit entre eux; des boissons rafraîchissantes furent apportées.

— Alors tu as suivi mon conseil? dit Archambault à son ami. Je t'en félicite. Tu avoueras que l'on est mieux dans ma villa de Pétropolis que dans un appartement parisien, si somptueux soit-il.

— Oui, dit Hérille; je viens à mon tour me prosterner devant le veau d'or.

Il vit sourire Alessandrina dans le frisson de ses mousselines oranges. Puis aussitôt la question qu'il redoutait lui fut posée:

— Et ta femme? L'as-tu amenée avec toi?

Hérille eut une seconde de trouble; mais sa franchise lui fit préférer une explication immédiate.

— Tout est fini de ce côté, dit-il brièvement. Je suis libre et seul.

Il y eut un silence. Archambault le rompit au bout d'un instant.

— D'autres se croiraient obligés de t'offrir des condoléances; moi, je te félicite. Tu sais mes théories sur le mariage; elles n'ont pas changé depuis le temps où nous étions étudiants ensemble.

Un geste de la senhora Alessandrina, qui tendait sa coupe pour qu'on lui versât à boire, fit diversion à l'incident. La boisson rafraîchissante lui fut servie, et elle but lentement en tenant la coupe des deux mains, les paupières abaissées, le haut de sa tête caressé par le reflet d'une des lampes nombreuses allumées sous les ombrages. Ensuite elle se replongea dans sa posture voluptueuse, écoutant la musique qui n'avait pas cessé de jouer dans le fond des jardins; et Archambault et Hérille purent causer, sans qu'elle parût manifester aucune curiosité de leur entretien.

En peu de mots ils se mirent au courant de leur situation réciproque. Hérille fut bientôt convaincu qu'Archambault avait dit vrai, et que des affaires immenses étaient encore à tenter à côté de celles que son ami avait entreprises. Les cafés seuls formaient un champ de spéculation illimité; le cuir et la corne, le thé, la vigne, le cuivre, le fer, les diamants, toutes les richesses des trois règnes de la nature, s'offraient à l'intelligence de l'exploiteur.

— Ne t'y méprends pas cependant, dit Archambault; ce n'est pas ici un pays de Cocagne, où il n'y a qu'à se baisser pour emplir ses poches d'une manne abondante; il faut du discernement et des connaissances spéciales. Si tu le veux, je me chargerai de t'instruire. Je te ferai étudier de près les individus et les mœurs; je te montrerai de quels instruments il faut se servir pour capter dans dans son sillon la source de l'or. Sans un esprit pratique, technique, toujours à l'affût, rien à tenter dans ce pays-ci.

Puis il ajouta:

— Tu t'étonnes de m'entendre parler ainsi, en la paix de ce jardin où il semble qu'il n'y ait qu'à se laisser aller à goûter les douceurs de l'existence. Toute la vie de Rio, mon cher Hérille, se résume dans ce dualisme qui en augmente singulièrement la saveur. Dès tes premiers pas à travers la ville, tu as dû remarquer l'étrange contraste de l'activité fiévreuse des uns avec la molle nonchalance des autres. Ou plutôt, ce sont les mêmes individus qui tour à tour, et selon les circonstances, sont indolents et affairés. Ailleurs on ne sait qu'amasser des trésors sans en jouir, ou vivre en paresse sans nul souci de tirer parti de ses facultés; ici, jouissance et travail alternent en un mécanisme puissant qui tient en éveil constamment nos sens et notre esprit. Et nous vivons double, nous savourons la joie d'être à la fois des hommes de lutte exaspérée, comme nos voisins de l'Amérique du Nord, et des raffinés de Byzance.

Il se tut et regarda Alessandrina. La jeune femme s'était assoupie dans le parfum léger des fleurs. Sur elle aussi les regards palpitants d'Hérille s'étaient posés.

— Elle est belle, n'est-ce pas? dit Archambault.

— Certes, fit Hérille, sans oser en exprimer davantage

Mais Archambault — était-ce complaisance ou vanité? — s'était approché de la senhora; d'une main presque indifférente, il avait écarté le voile de mousseline orange qui couvrait sa gorge.

— Regarde. Trouverait-on jamais dans toute l'Europe une créature aussi admirable?

Alessandrina s'étant éveillée aperçut sans rougir la nudité de ses seins, et sourit aux deux hommes penchés sur elle.

III

La route s'étendait, sinueuse, entre les lacets des montagnes. De temps en temps une masse d'eau, arrivée à l'extrémité d'une roche, s'écroulait dans le vide avec un fracas de verre brisé. Le globe du soleil fulgurait en zigzags de feu sur le cirque que formaient plus bas les plaines. Une autre lumière, semblant émaner des choses elles-mêmes, bleuissait au loin l'architecture des sierras, qui promenaient l'indigo foncé de leur crête sur le fond plus clair du ciel.

Archambault et Hérille, assis dans une calèche qu'entraînaient deux mules vigoureuses, restaient silencieux l'un à côté de l'autre. Chacun selon ses aspirations, ils jouissaient de la beauté du paysage, qui portait l'un à la volupté et l'autre au rêve. Il était certain que pour ces deux hommes la puissance de sentir se limitait à l'heure présente. Pourquoi auraient-ils laissé dériver leurs désirs vers l'inconnu, évoqué l'avenir ou le passé, alors qu'ils possédaient au plus haut degré la joie d'être ? Ainsi se conçoit le mystère de l'Éternité divine, où toutes les minutes se confondent dans la plénitude d'une félicité toujours égale à elle-même.

La route fit un brusque crochet et soudain le panorama changea. Une face de la forêt méridionale apparut, comme une idole chargée de joyaux. Son front se perdait dans une auréole de nuages et ses pieds disparaissaient parmi l'amoncellement des plantes grimpantes : très haut, à travers les rameaux des arbres, leurs gerbes parasites montaient. C'était une seconde végétation issue de la première et étrangère à la terre ; c'était aussi comme une lutte préhistorique, le duel des espèces pour la lumière, pour la vie. Mais ici la lumière et la vie surabondaient. Palmiers et fougères géantes ne repoussaient plus l'étreinte des broméliAs, des orchidées épineuses. Chaque arbre avait son revêtement de lianes, se fleurissait de fleurs étranges, se drapait de plis nombreux et ruisselants, comme une étoffe somptueuse jetée sur lui. Les formes disparaissaient sous cette débauche d'êtres organisés. Seul, le coloris signalait la différence des espèces. Du rouge éclatant au jaune pâle, toute la gamme des tons chantait parmi le vert profond des feuillages. Des nuances inconnues — l'effort de la nature à se créer une palette nouvelle — mettaient même çà et là leur tache imprévue au milieu du chromatisme ardent de cette flore tropicale. Les oiseaux se confondaient avec les branches teintées d'écarlate, et les papillons avec les corolles. La vie partout exultait. Une grande traînée d'ombre faisait mystérieuse l'incubation de tant de germes. On entendait, sans les voir, des sources courir sous le couvert des herbes épaisses.

— Regarde par là, dit Archambault.

Hérille se pencha et, peu habitué à plonger ses yeux dans l'immensité impénétrable de la forêt, ne discerna rien tout d'abord. Sur un signe plus précis d'Archambault, il vit cependant : presque à la lisière de la route, au-dessus de la fleur de braise d'un pandanus, un serpent énorme se balançait ; sa tête triangulaire et plate s'encadrait de folioles légères ; on apercevait, tel un parasite énorme, les anneaux lourds de son corps enroulés à la tige de l'arbuste. Ses petits yeux luisaient de béatitude ; sa gueule entr'ouverte laissait échapper deux traînées de bave brillante. Il apparaissait là comme le roi suprême de la création, comme l'époux primitif de la forêt. La verte profondeur des feuillages était à lui. La flore luxuriante et innomée était à lui. Il pouvait dormir sur le duvet tiède de la terre, se pencher sur les lèvres tremblantes des sources, respirer l'âme vierge des jeunes lianes. Et de toutes les fleurs, ses épouses, les nuances se reflétaient dans la flamme irisée de ses écailles ; il portait attaché à sa souple échine tout ce qui brillait sous l'irradiation du soleil, tout ce qui ondulait sous le chatoiement des branches ; les pourpres et les fluors changeants, les verts glauques et les bleus d'acier, les roses et les violets pâles, nacrés et diamantés, lapis et joyaux, dont il s'était fait le long de son corps royal des colliers merveilleux et des ceintures. En ce moment, au-dessus de la fleur de braise, une convoitise allumait les petits points fixes de ses prunelles. Sa taille géante se dressait immobile, aussi haute que les stipes des palmiers. Mais bientôt, lassé sans doute de son rêve, il se replia lentement ; ses anneaux, ramassés en boule, ne formaient plus qu'une masse opulente d'ors et de gemmes ; il s'endormit au pied de l'arbuste, sur le mol amas des mousses.

— N'est-ce pas là le serpent monstrueux qu'on nomme devin ? demanda Hérille.

— Oui, dit Archambault. Les indigènes le recherchent pour manger sa chair, qui, dit-on, est excellente. Mais l'animal ne se laisse pas facilement approcher. Il faut attendre, pour aller à lui, l'engourdissement voluptueux où tu le vois plongé maintenant. Et encore risque-t-on d'y laisser son existence. Il étouffe son ennemi en l'enserrant dans ses nœuds, jusqu'à la mort.

Cependant les mules continuaient leur chemin au galop ; la région des caféiers commençait à paraître. Là, Archambault avait une grande exploitation agricole, une « fazenda », qui n'était pas la moindre source de ses revenus. Dans les bonnes années, il en tirait jusqu'à soixante mille kilos de café, et plus.

— Tu as vu hier le millionnaire raffiné, dit Archambault à son ami; il faut aujourd'hui que tu voies le travailleur.

En effet l'habitation de cette fazenda ne ressemblait guère à la maison de plaisance de Pétropolis. C'était une série de constructions basses et longues, d'aspect assez triste. Ces bâtiments se prolongeaient sur un espace considérable, sans qu'aucun ornement architectural en vînt relever la monotonie. Tout autour s'étendait l'uniformité d'une pépinière; les abrisseaux, nains encore, mais déjà soumis à un régime rationnel, attendaient l'âge adulte pour être transportés dans un autre sol où ils s'épanouiraient en blancs feuillages et en rouges fruits. Les deux hommes mirent pied à terre, et entrèrent dans le principal corps de logis, dont la porte était ouverte. C'était l'heure du déjeuner. Dans une salle très claire, blanchie à la chaux, inélégante mais propre, la table était mise; les couverts s'alignaient des deux côtés, comme en un réfectoire d'abbaye ou de collège. Hérille s'étonna de voir tant de places préparées, dont la plupart restaient vides.

— Tu n'as donc jamais entendu parler de l'hospitalité brésilienne? lui dit Archambault. Cette hospitalité est sans bornes et pourrait se chanter dans les opéras, aussi bien que celle des montagnards écossais. Ici, libre à tout voyageur d'entrer, d'user du pain et de la table, de dormir même dans un des hamacs que tu verras suspendus tout à l'heure le long d'une autre salle au moins aussi vaste que celle-ci. Mon « administrador » — ce gros homme que tu aperçois là-bas vêtu d'une blouse de toile grise, avec un cor en bandoulière et un couteau passé à la ceinture — a l'ordre de laisser pénétrer dans la fazenda tous ceux qui veulent; et il en est de même dans toutes les autres fazendas du pays, depuis le nord jusqu'au sud. Ces mœurs sont bibliques: le voyageur altéré a droit à tous les égards.

Comme pour donner raison aux paroles d'Archambault, une bande de chasseurs, venant de la forêt, fit irruption à cet instant dans la salle. Sans rien dire, sans rien demander à personne, ils prirent place à l'autre bout de la table et mangèrent silencieusement la viande séchée et les haricots noirs que des serviteurs nègres leur apportèrent.

La révélation de cette vie primitive ravissait Hérille. Il y trouvait l'apaisement et la rénovation dont il avait besoin. Combien différentes des mœurs de d'Europe, des mœurs même de sa terre natale de l'Auge, étaient les habitudes simples et sans défiance de ces colons ou de ces indigènes! Ainsi que l'avait dit Archambault, un peu de l'antique Orient patriarcal et biblique revivait sous le toit de cette fazenda primitive, entre ces palmiers aux fûts immenses et ces arbrisseaux sous lesquels rampaient de jeunes enfants nus, à la peau luisante comme du bronze. Il aurait voulu demeurer là quelques jours, se reposer de ses fatigues passées, mais Archambault l'arracha à ces velléités de mollesse.

— Tu n'es pas venu dans ces contrées pour perdre ton temps. Que ferais-tu ici, une fois que tu te seras rendu compte avec moi de l'organisation de la caféerie et de sa production? Demain nous sommes attendus autre part. A chaque jour suffit sa tâche, mais un jour suffit à chacune.

Et il ajouta en souriant:

— Tu sais bien, d'ailleurs, que j'ai déjà trouvé pour toi une habitation près de la mienne à Pétropolis. La senhora Alessandrina a dû charger ses femmes de tout organiser pour t'éviter les ennuis matériels d'une installation. Tu seras bientôt heureux comme un roi et riche comme un Crésus.

IV

Véritablement la senhora Alessandrina avait fait des prodiges en improvisant l'organisation domestique du nouveau venu. Jamais Hérille n'aurait pu supposer, à voir la belle fluminense indolemment couchée sous l'éventail des feuillages, qu'elle possédait à un tel degré le secret du luxe et du bien-être. Il ignorait l'intelligence des nombreuses femmes qui la servaient, et que c'était presque sans sortir de son repos voluptueux qu'elle avait, en quelques paroles, ordonné et préparé toutes choses.

La maison où il allait vivre désormais était adossée à la montagne. Une vérandah vitrée la protégeait au midi des flèches aiguës du soleil. Là était rassemblée la flore incomparable de la forêt. Des fougères, des araucarias, des bambous et les variétés multiples des palmiers étendaient leurs branches magnifiquement vertes au-dessus des massifs de fleurs dont les pétales gras semblaient être de chair vivante. A l'intérieur, des mosaïques et des vitraux répétaient par le dessin et la couleur des splendeurs végétales: dans ce demi-jour de l'appartement, de longues hampes de roseau, des frondes onduleuses d'alsophiles, s'allongeaient encore. Des meubles particuliers au pays et fabriqués avec des bois indigènes décoraient les chambres bien closes; ces meubles exhalaient une odeur de résine et d'encens et affectaient des formes rares; les lits bas et recueillis, les bahuts profonds, les sièges creux et mobiles, étaient rehaussés d'or et sculptés dans la masse même de la matière. Il n'y avait pas de glaces aux parois, mais des plaques de métal, où les choses prenaient un reflet brillant. On se serait cru dans le temple de quelque divinité assyrienne, plutôt que dans l'appartement de garçon d'un aspirant millionnaire.

Malgré tant de changements et si subits, Hérille ne se sentait pas dépaysé dans sa nouvelle existence. L'amitié d'Archambault, qu'il avait retrouvée aussi vivace que vingt ans auparavant, suffisait à le familiariser avec l'inconnu qui se présentait à lui de toutes parts. En compagnie de son ancien camarade du quartier Latin, il avait visité la ville de Rio, non plus superficiellement, en voyageur, mais dans ses moindres particularités, dans tout ce qu'elle recèle de dessous curieux et intimes. Chaque ville a ainsi deux physionomies, ou pour mieux dire un corps et une âme, dont l'une ne se révèle qu'à travers l'autre et après le premier courant d'intimité établi. Rio offre plus spécialement ce double caractère : aux profanes elle se montre comme une bayadère négligée qui laisse traîner ses babouches, — et comme une fière odalisque aux initiés. Dans ses rues, le fourmillement de toutes les races fait songer aux jours de Babel ; des hommes de bronze, des hommes de cuivre, de pâles faces d'ivoire représentent les trois ancêtres primitifs: Sem, Cham, Japhet, dispersés jadis à travers les steppes du monde entier et réunis de nouveau sur ce point unique, dans l'éternel espoir d'élever la tour de leurs rêves, la tour d'orgueil et de richesse, dont le sommet atteindra le ciel. De la boue et de l'or, des loques et des soies précieuses, se confondent ou se coudoient en cette course sans terme, et, comme autrefois encore, la femme est là, ingénieuse à prévoir les besoins du mâle. Dans la pourpre fluide du soleil et sous l'éclat multicolore de leurs écharpes, sculpturales et silencieuses, les négresses restent debout, leurs bras chargés de l'éventaire où s'étalent les fruits destinés à calmer la soif de celui qui peine et travaille. Mais ce ne sont pas elles qui pourtant récolteront en échange les fruits de l'effort ; elles ne sont que des mercenaires, qui se souviennent d'être nées esclaves. D'autres, dont les clairs visages resplendissent derrière la transparence des vitres, attendent, en regardant mourir les vagues sur le rivage, que l'homme vienne mettre à leurs pieds sa victoire.

C'était dans ces arcanes de la vie fluminense qu'Archambault avait fait pénétrer Hérille. Le long de la mer, et s'accordant au feston des plages — ou bien encore disséminés parmi les vergers des collines, les riches faubourgs de Rio s'étendaient.

Vers le soir, quand tout s'allumait dans l'ombre c'était une féerie. L'armature de la ville se dessinait alors en traits de feu. On voyait, comme des millions de prunelles, scintiller les regards des maisons ouvertes, et leur haleine onduler à travers la broderie ajourée des passiflores. Là demeuraient les maîtresses ou les épouses; toutes, elles avaient le même charme exotique, la même langueur sensuelle de paresse; leurs fronts sans énigme décelaient la soumission aux désirs de l'homme; leurs yeux, immobiles entre la fente des paupières, semblaient toujours attendre l'heure de l'extase; et le mystère d'être que chacun apporte en soi en venant au monde, c'était seulement à leur bouche qu'il apparaissait, à leur bouche ronde et humide, dont la saveur étrangère devait contenir le suc de tous les drupes bienfaisants que mûrit le soleil en ces régions paradisiaques.

Hérille cependant n'était pas content. De la

catastrophe qui avait brisé son cœur il avait gardé un éloignement invincible et presque une terreur de l'amour. Ces femmes ne lui inspiraient pas d'autre sentiment que la curiosité de les connaître, de comparer ce qu'il voyait d'elles avec le souvenir qu'il avait gardé des autres. Il croyait s'apercevoir qu'ici l'abandon charnel n'entraînait pas les mêmes conséquences funestes qu'en Europe. Se trompait-il? Il avait vu dans les églises — le soir illuminées et débordantes de fleurs — les jeunes filles au profil de vierges, agenouillées sur le parvis de la nef, sourire tendrement aux jeunes hommes qui passaient et repassaient autour d'elles. Un colloque muet s'engageait entre eux, sous les regards propices de la madone et des saints. Des promesses étaient échangées, des rendez-vous clandestins étaient pris. Les grains du chapelet, moites aux doigts, servaient à désigner les minutes et les heures; la croix recevait de furtifs baisers, destinés aux lèvres profanes de l'amant. Hypocrisie? pensait Hérille; non, simplicité seulement, naïveté des âmes à l'état d'ignorance primitive, qui remercient le Créateur de les avoir enfermées dans un corps de chair où palpitent les frémissements de la vie et que gouvernent à la fois le mystère de l'esprit et celui des sens.

Bien des fois Hérille avait été témoin de ces faciles galanteries. La complaisance d'Archambault lui avait même ouvert d'autres lieux moins accessibles. Il avait fréquenté les coulisses des nombreux théâtres de Rio, et les endroits secrets où dansent les Indiennes, parées de clinquants et de filigranes, et savantes dans l'art d'évoquer par leurs gestes les voluptés les plus enivrantes. Mais Hérille n'y trouvait qu'un plaisir médiocre et dédaignait les avances qui lui étaient faites.

Un soir Archambault le conduisit chez la propre sœur d'Alessandrina. C'était une créature d'une beauté presque aussi parfaite que celle de la jeune femme sur qui les regards d'Hérille étaient tombés dès son arrivée à Pétropolis. Elle avait le même sourire paisible, les mêmes yeux où brûlait un feu liquide, la même molle ondulation dans les mouvements. Cependant elle ne plut pas à Hérille. Il reçut sans trouble la cigarette qu'elle alluma pour lui entre ses lèvres, et qu'elle lui tendit avec un geste d'adorable abandon. Il but à la même coupe, sans qu'aucun effluve troublant le pénétrât. Elle chanta, et sa voix ne fit rien vibrer en lui. Quand ils l'eurent quittée, la nuit baignait la terre de son éther fluide. Archambault prit

son ami par le bras, et lui parla à voix basse. N'aimerait-il pas à avoir chez lui cette jolie esclave? Dans ce pays on ne comprenait pas la maison sans une femme pour l'embellir. Celle-ci réunissait tout ce qu'il fallait pour flatter les sens et la vanité d'un homme, et de plus elle était la sœur d'Alessandrina.

— Vois comme ce serait charmant, poursuivit Archambault en souriant; nous deviendrions presque frères nous-mêmes!

Hérille balbutia des excuses: non, décidément un tel arrangement ne le tentait pas. Il n'était point venu au Brésil pour y chercher des consolations sensuelles, mais pour développer ses énergies et pour combler avec de l'or la blessure profonde de son cœur.

V

Hérille s'était mis au courant des grandes affaires avec une promptitude qui avait surpris Archambaul lui-même. Dans cet avocat, dans ce jurisconsulte tranquille, il y avait l'étoffe d'un joueur hardi et d'un financier habile. Ainsi qu'il arrive presque toujours, la carrière qu'il avait embrassée au commencement de sa vie, et pour des motifs dont il ne se rendait pas bien compte, n'avait développé qu'une partie de ses facultés; tout un autre côté de son être était demeuré improductif et inerte, comme ces terrains en jachère qui n'attendent pour devenir fertiles que le moment où d'autres germes seront déposés dans leur sein. Maintenant une transformation s'opérait en lui; il s'épanouissait dans cette vernation nouvelle qui seyait aussi bien à ses besoins d'activité qu'aux désirs ambitieux dont ses parents avaient nourri son âme dès l'enfance. Il se sentait dans la plénitude de ses forces physiques et morales, animé par la lutte, tout frémissant d'ardeur et d'audace. Le succès de ses premières opérations l'avait électrisé.

— Tu m'as sauvé, disait-il à Archambault. A Paris, je serais resté un être inutile, j'aurais traîné misérablement les lambeaux de mon intelligence et de mes forces. Ici, je suis redevenu un homme; je vis, je vibre, je suis presque heureux!

— Pourquoi presque? corrigeait Archambault. Crois-moi, on est toujours l'auteur de son mal et le maître de son bonheur.

Souvent leur conversation se prolongeait tard dans la nuit, sous les ombrages de Pétropolis. Après la rude journée de combinaisons et de calculs, où, l'un et l'autre, ils avaient souvent risqué plus que leur avoir, ils trouvaient un charme délicieux à ne rien entendre que le bruissement des insectes ou des eaux vives, à ne rien regarder que les étoiles ou les yeux de flamme d'Alessandrina étendue près d'eux. Ils s'épanchaient librement, avec cette confiance du cœur qui rend si douce l'amitié partagée, une amitié de vingt ans qui avait résisté à toutes les secousses, à toutes les épreuves, à la séparation et au silence.

Chaque jour Hérille se rendait à Rio; il ne se lassait pas, pendant la traversée, de contempler le spectacle de la mer et du rivage. Ce spectacle changeait d'ailleurs constamment sous la magie de la lumière. Quelquefois des brouillards floconneux semblaient tout couvrir d'une neige immaculée et légère. A d'autres instants le soleil, ruisselant le long des Orgues, faisait à la baie transparente un fond d'or massif. Tantôt mauve, tantôt opaline ou rose, la nappe des eaux fluait sous la mousseline bleue du ciel; les îles s'érigeaient en verts bouquets, palmes balancées par la brise. La ville blanchissait dans l'aube claire, ou s'empourprait de fauves rayons. Tout le paysage, vivant et mouvant, palpitait comme une poitrine chargée de désirs.

A Rio, Hérille oubliait ces délices de la contemplation pour se plonger dans la mêlée des affaires. Dès son arrivée, Archambault l'avait mis en rapport avec un monde tout particulier, dont l'avocat ne soupçonnait même pas l'existence et qui, d'un continent à l'autre, tend le filet où passe et repasse la marée de l'or. Cette sorte d'aristocratie des affaires étonnait Hérille par l'immensité de sa puissance; très vite cependant il en avait compris le secret. Ce qui avait manqué jusque-là au Brésil pour mettre en valeur ses richesses inertes, c'était ce levier même, ces capitaux sans lesquels la culture, l'élevage, l'exploitation forestière ou l'industrie minière étaient condamnés à rester perpétuellement à l'état d'enfance. Ces hommes avaient réalisé le problème : ils avaient apporté l'or qui manquait. Impassibles toujours, et le plus souvent silencieux, ils commandaient à la fourmilière innombrable des gens de négoce ou de Bourse, suspendus à eux de tous les marchés du monde et les ignorant cependant — tels des pantins au bout d'un fil qu'une main invisible fait mouvoir.

L'un d'eux, qui habitait le quartier de Catété, s'appelait Joaquim Rozendal. Hérille avait tenté avec lui une spéculation sur les sucres bruts ou « mascavados ». Cela lui plaisait de se lancer d'emblée dans une opération importante, d'en suivre les incessantes fluctuations. D'ailleurs, il savait qu'Archambault était là pour le conseiller au besoin. Chaque jour apportait une nouvelle phase de l'affaire et amenait une nouvelle décision à prendre. Hérille se passionnait, là où son partenaire restait froid; il se répandait en paroles, tandis que Joaquim, penché sur les chiffres, ne lui répondait que par de rapides monosyllabes. Néanmoins leur entente était parfaite. En peu de jours ils avaient quintuplé leur mise de fonds. Alors Joaquim avait proposé à Hérille de se retourner contre eux-mêmes et de faire faire la bascule à leurs capitaux. De cette façon ils seraient toujours sûrs de se retrouver en équilibre.

Ce vertige enfiévrait Hérille. Mais, judicieux encore, il ne se laissait pas engager dans des entreprises qui lui eussent paru trop hasardées. Certain banquier n'avait pu l'entraîner à mettre des fonds chez lui; il avait refusé de souscrire à des actions à très gros bénéfices, où il avait flairé quelque mal-propre aventure. Il était comme un navigateur lancé à toute voile sur un océan rempli d'écueils et qui tient ferme la barre pour éviter de sombrer. L'atmosphère même qu'il respirait contribuait à augmenter sa fièvre. On était à la saison chaude et le thermomètre marquait quarante degrés à l'ombre. C'était la nuit maintenant que les affaires se traitaient. La nuit, Rio vivait le long des rues brillamment éclairées et traversées du soir au matin de tramways chargés d'une foule bruyante. Les magasins étaient ouverts, ainsi que les églises et les « confiterias », où des gens buvaient et mangeaient des sucreries. Des parties se jouaient entre les arbres des places; des nègres dansaient le fandango autour de grands feux qui pétillaient et jetaient sur eux des étincelles. La vie débordait, flambait elle-même comme un feu de joie. Aux fenêtres, des femmes se penchaient, le torse libre dans la camisole blanche, une rose rouge à leur chevelure...

VI

Le plus souvent ce n'était qu'à l'aube qu'Hérille regagnait Pétropolis. Pour rentrer chez lui, il passait devant la résidence d'Archambault; il apercevait de loin la maison ouverte illuminée encore. Quelquefois il pénétrait jusque devant le massif de bignonias; là, il trouvait son ami couché dans son hamac, respirant la fraîcheur matinale.

Par cet été plus torride que de coutume, Archambault se dispensait de se rendre régulièrement à ses affaires. Il s'accordait un temps de repos, la halte du voyageur qui reprend des forces avant de continuer sa route. Mais pour lui ce repos encore était fécond. Son infatigable esprit créait des combinaisons nouvelles, entassait, non point les nuages inconsistants des rêves, mais les solides arcs-boutants où s'appuierait sans faillir l'édifice toujours plus élevé de sa richesse. Hérille savait, à le regarder, quelle passion hantait ce puissant cerveau ; et si c'était de la volupté ou de l'or qui passait devant ses paupières à demi closes.

Un matin, il revenait ainsi de Rio. La veille, ou plutôt la nuit même, il était allé dans le quartier de Catete voir Joaquim. Le moment était arrivé de prendre une détermination importante quant à la marche de leurs affaires ; mais Hérille, avant de se décider, voulait consulter Archambault.

Il franchit la porte de la villa. Personne ne se trouvait à l'entour ; dans la maison un serviteur lui dit que le maître devait être à se promener dans les jardins. Hérille suivit une allée de magnolias qui s'étendait devant lui. Ce chemin, il le connaissait bien pour l'avoir pratiqué fréquemment ; il savait qu'au bout la coupe profonde d'un bassin s'arrondissait entre des touffes de balisiers et d'orchis, — lieu de mystère et d'ombre où le soleil ne pénétrait qu'à travers le filtre épais des feuillages, et où la lumière se faisait caressante sur l'épiderme alangui des fleurs. Archambault sans doute était là, participant au bien-être ambiant, regardant à ses pieds le frisson des eaux ou la douceur des mousses dormantes. Hérille s'avançait, le sourire aux lèvres, heureux de surprendre son ami. Mais tout à coup il s'arrêta, avant d'avoir prononcé une parole. Ce n'était pas Archambault qu'il avait devant les yeux, mais Alessandrina elle-même. La senhora s'était dépouillée de ses écharpes légères et, un pied posé sur le bord, elle s'apprêtait à descendre dans le bassin. Son corps tout entier apparaissait, pareil à une admirable statue, au milieu de ce décor de verdures. De la nuque aux talons, il se modelait en méplats successifs, en courbes harmonieuses, avec cette transparence particulière que le plein air fait prendre à la chair vivante. Les cheveux de noir ébène, tordus sur le sommet sa tête, opposaient seuls leur masse sombre à la luisante clarté de ce corps, plus lumineux que la lumière dont les reflets semblaient tous s'être réfugiés en lui. Une haute lampe d'argile, une amphore où brûlerait une flamme ardente, tel était le corps de la senhora, debout, dans l'obscurité des feuillages. Elle se retourna et à travers sa gorge et son ventre lisse, plus vive apparut cette clarté intérieure qu'Hérille avait déjà vue se transverbérer sous l'argile poreuse de ses reins. Il frémit. Quelque chose de l'émotion d'Adam devant la nudité animée d'Ève l'étreignit aux moelles. Sans s'être laissé voir, il reprit l'allée par laquelle il était venu.

Les magnolias, à droite et à gauche, exaltaient sous la voûte du ciel leurs fleurs énormes et blanches, pures comme des ciboires d'argent. Leur odeur était celle de l'encens, mêlée à la myrrhe et au cinname. Hérille avançait dans cette extase ; la vision inoubliable était devant lui, vision paradisiaque, vision charnelle, qui dans le recueillement matutinal de la nature s'était offerte à ses regards, avait bouleversé sa conscience d'homme. Maintenant, quoi qu'il fasse le corps souple et nu d'Alessandrina marcherait toujours dans son chemin, glorieux entre les gloires des feuillages, fleur vivante chargée d'arômes, magnolia évasé en coupe profonde, orchis troublant...

Et, sans qu'il sût pourquoi, par une association d'idées qu'évoquaient peut-être la même heure du jour et la même végétation luxuriante, il songea au serpent pâmé sur les corolles, qu'il avait aperçu à la lisière de la forêt.

Une voix joyeuse éclata près de lui. Archambault s'avançait à sa rencontre.

— Tu es venu pour me parler dès l'aube ? à la bonne heure ! Le monde appartient à ceux qui savent se lever tôt.

Il passa son bras sous celui d'Hérille et s'informa de ce qu'il pouvait avoir à lui dire ; mais Hérille ne se souvenait plus de ses préoccupations de la nuit.

— Rien de particulier, rien ; le plaisir de te dire bonjour.

— En ce cas, viens fumer un cigare sous la verandah.

Ils s'y rendirent. Une négresse leur apporta du café noir, épais et fumant. Archambault prit sa place habituelle dans son hamac. Hérille s'étendit dans un autre. Entre eux était la place vide d'Alessandrina.

— As-tu vu la senhora ? demanda Archambault négligemment.

Hérille se sentit pâlir ; il leva les yeux sur son ami, mais les regards d'Archambault étaient loin, occupés déjà d'autres pensées; ce fut à peine s'ils changèrent d'expression, quand Hérille balbutia d'une voix sourde:

— La senhora Alessandrina ? Oui, je crois l'avoir aperçue.

Il se tut, car il venait de la revoir, ouvertement cette fois et face à face. Elle marchait

avec indolence, dans un rythme que scandaient ses hanches, libres sous les mousselines qui la vêtaient. Ses bras étaient nus, ainsi que ses pieds, protégés seulement par de minces babouches. Plus caché était son visage, que recouvrait une mantille à dessins lourds. Mais pour Hérille ce visage et ce corps se faisaient également visibles. Il savait tout ce que recélait le sourire amoureux d'Archambault, posé sur la senhora languissante.

La tête molle, défaillant, il se leva pour partir.

— Tu nous quittes déjà ? dit Archambault.

— Oui, je ne me sens pas bien.

— Prends garde aux fièvres qui guettent l'étranger dans ces pays. Tu as la main brûlante, le teint défait. Veux-tu que je te conduise jusque chez toi ?

Hérille refusa ; il avait la fièvre, en effet, mais il préférait être seul. La présence d'Archambault lui était devenue tout à coup abominable et cruelle.

VII

C'était une passion intolérable qui s'était installée dans le cœur d'Hérille. Passion uniquement sensuelle, brûlante comme le soleil sous lequel elle était née. Contrairement aux autres amours où le cœur et l'esprit ont leur part et où se mêle un élan de tout l'être, une joie sacrée et forte, cet amour de chair était triste, confinant aux plus atroces tourments. La jalousie le rendait plus cuisant encore, avec l'impossibilité où se trouvait Hérille de rien tenter pour guérir le mal qui le dévorait. Certes, nulle puissance au monde ne lui eût fait trahir la confiance de

l'ami qui le recevait si fraternellement, à qui il devait d'avoir repris racine dans l'existence. Partir ? Il n'en avait pas le courage. La vue d'Alessandrina lui était nécessaire; il se délectait du poison que versaient en lui les regards ignés d'Alessandrina. Il se laissait envelopper par le charme exotique et pénétrant qui émanait d'elle, comme par la fumée d'un narguilé. Mais, d'une telle lente intoxication, sa vitalité peu à peu était détruite. Si ses forces physiques ne dépérissaient pas encore, le ressort secret de son être ne se mouvait plus qu'avec peine. Archambault ne tarda pas à s'en apercevoir. Habitué à juger les hommes d'un coup d'œil, il eut vite discerné chez son ami ce changement dont la cause lui échappait. Un jour il le prit à part et l'interrogea.

— Tu n'es plus le même depuis quelque temps. D'abord je t'ai cru malade. Mais non, tu m'assures que ta santé n'a subi jusqu'ici aucune atteinte ?

— Aucune, dit Hérille. Je t'en supplie, ne t'inquiète pas...

— Quant à tes affaires, continua Archambault, je sais qu'elles sont prospères, bien que tu négliges maintenant de m'en parler; et tu as raison, tu es devenu aussi fort que moi. Plus fort même. Je gage qu'en cinq ans tu auras acquis la fortune que j'ai mis vingt ans à édifier.

— Peut-être, répondit Hérille; oui, la chance m'a merveilleusement servi jusqu'ici. En ce moment même je suis en train de réaliser avec Joaquim des bénéfices incalculables. Si je ne t'en ai pas parlé, c'est que je me suis blasé assez vite sur ce genre de satisfactions.

Archambault le regarda avec un sourire.

— Moi pas, fit-il. Ce n'est point, à proprement dire, l'appât vénal qui me passionne, mais tout ce qu'il faut mettre en jeu d'adresse et de subtilité pour l'obtenir. Je ne connais aucune jouissance comparable à celle-là. Toi-même, tu as été ainsi, Hérille. Je t'ai vu possédé par le démon de la spéculation. Tu le renies à présent, ce démon. C'est qu'un autre a dû le chasser pour prendre sa place.

Il continuait à sourire, bon enfant; mais il s'arrêta tout à coup devant la pâleur d'Hérille. La question qu'il allait poser en plaisantant, il la retint sur ses lèvres :

— Alors, c'est que tu es amoureux?

Mais Hérille avait compris cette interrogation muette; il répondit, la gorge serrée :

— Oui, je suis amoureux, et amoureux sans espoir.

— Allons donc! Ce mal-là n'est jamais inguérissable! fit Archambault.

Il se plaça en face d'Hérille et le regarda dans les yeux :

— Dis-moi le nom de cette femme!

Hérille eut un vertige; mais une force inconsciente lui ouvrit la bouche :

— Alessandrina, prononça-t-il.

Un silence lourd les sépara pendant un instant. Ce fut entre eux comme un fossé subitement creusé, où les plantes vénéneuses de volupté étendaient sur l'eau dormante leurs glauques feuillages... Alessandrina! Tous deux en même temps voyaient son beau corps couché sur les herbes fragiles; long et souple, il flottait d'un bord à l'autre, exhalant l'âcre et irritante odeur de ferment qui montait aux narines des deux hommes.

Archambault cependant se remit le premier.

— Il en existe d'aussi belles, murmura-t-il.

— Non, et tu le sais bien, répondit Hérille à voix basse.

Il fit un mouvement pour s'éloigner, mais Archambault le retint.

— Ainsi, tu l'aimes? Et c'est de cela que tu souffres?

— Oui, dit Hérille; je l'aime au point de te détester, toi mon meilleur, mon unique ami.

— Écoute, fit alors Archambault. Il ne faut pas qu'une créature banale, si belle qu'elle puisse être, soit une cause de brouille ou même de séparation entre nous : je te céderai le senhora Alessandrina, puisque tu la convoites si ardemment. Je te la céderai comme un admirable bijou, comme un animal de race dompté et exquis. Mais n'exagérons point mes mérites. Je n'ai pas de l'amour la même conception que toi. Souviens-toi d'un jour déjà lointain où je te suppliai de me laisser prendre une heure de plaisir avec ta maîtresse, et où tu me répondis en tirant l'épée contre moi.

Hérille rougit faiblement. Dans le vague du passé, ces épées menaçantes et le blanc visage de Léa ne luisaient plus qu'à peine à ses yeux : goutte de sang, lueur falote, qui se confondaient ensemble. Ce qui flambait devant lui, c'était Alessandrina, le beau fruit de l'arbre de la tentation qu'il allait enfin cueillir. Dans le désordre de son esprit, il cherchait vainement des mots de reconnaissance.

— Ne me remercie pas, dit Archambault, mais donne-moi ta main et restons toujours amis. L'amitié est supérieure à l'amour,

autant que l'eau d'une source claire l'est à l'onde troublée d'un abîme.

Il était mélancolique, bien que s'essayant à sourire. Ce petit déchirement à fleur de peau lui avait causé une minute d'angoisse. Mais bientôt il reprit sa sérénité. Peut-être entrevoyait-il déjà « l'autre », celle qui allait remplacer Alessandrina dans sa maison et dans les fastes de ses délices.

Une préoccupation restait cependant à Hérille : comment Alessandrina accepterait-elle ce changement? Archambault avait disposé d'elle sans la consulter, avec une aisance tout orientale. Mais la senhora était libre de sa personne et surtout de ses préférences secrètes. Telle femme, qui est tout ardeur entre les bras d'un amant, peut être de marbre auprès d'un homme qui n'a sur elle que des droits naturels ou légitimes. Quelle déception, si du sacrifice que son ami venait de consommer pour lui il ne restait plus que des cendres éteintes!

VIII

Archambault avait dit vrai à Hérille. Alessandrina était un merveilleux instrument de volupté, un de ces êtres de chair et de sang, en qui toutes les ressources de l'esprit sont au service des instincts sensuels. C'était elle-même qu'elle aimait dans l'amour, et à cause de cela elle se laissait posséder avec soumission. Complaisante et ardente, elle se donnait tout entière; telle une barque déploie toutes ses voiles pour être emportée d'un essor plus rapide sur les flots. Elle n'avait aucune de ces réserves mesquines, de ces demi-pudeurs dont les Européennes ont coutume de précautionner leur abandon. Elle trouvait simple de vivre selon la nature, d'offrir et de recevoir le plus de bonheur possible dans ce grand rayonnement de joie physique qui mettait tout en fête autour d'elle. Son indolence extérieure ajoutait encore du charme à la vivacité de ses élans. Couchée et somnolente sous les ombrages, elle avait le réveil du fauve étreignant sa proie.

Depuis qu'elle était installée chez lui, Hérille goûtait une félicité incomparable et que rien jusque-là n'avait même pu lui faire pressentir. Avec Léa il avait connu la suavité idéale du sentiment; avec Octavie, le trouble inquiet d'une ardeur inassouvie; mais Alessandrina lui apportait la plénitude de l'amour charnel, tel que Dieu avait dû le créer au commencement, avant que l'idée du mal eût infirmé le cœur de l'homme. Elle lui appor-

sait la volupté sans mélange et, comme un
jardin de délices réuni en elle, toutes les
ardeurs palpitantes de la jeune terre, ivre
sous les baisers du soleil.

Jamais non plus Hérille n'avait subi à ce
point la domination de la femme. Par des
fils secrets, et sans paraître vouloir l'asser-
vir, Alessandrina le tenait attaché à elle,
mieux qu'avec d'invincibles chaînes. Mais
cette domination ne pesait que sur ses sens
et le laissait libre de maintenir son esprit
sur des sujets d'ordre plus élevé. L'activité
qu'il il avait saisi dès son arrivée à Rio ne
s'était pas ralentie, au contraire. Tout l'exal-
tait à la fois dans sa rapide ascension. Il
éprouvait le triple vertige de l'amour, de l'orgueil et de l'or.

De l'or! Il lui semblait qu'il n'en mettrait
jamais assez autour de son idole, que jamais
il ne ferait un cadre assez magnifique à
leurs amours. La villa elle-même, malgré ses
splendeurs, ne lui paraissait pas répondre
à l'état actuel de sa fortune. C'était un palais
féerique qu'il voulait habiter avec Alessandrina. Il rêvait d'inventer pour elle des
jouissances de luxe qu'elle n'avait jamais
soupçonnées, de surpasser ce qu'Archambault lui avait offert de bien-être. Pour cela il
avait fait venir de Rio à Pétropolis un architecte célèbre et toute une armée d'ouvriers.
A vue d'œil et presque sans bruit, la villa
se transformait. De chaque côté de la vérandah s'élevaient deux belvédères ajourés en
marbre de Cuba teinté de rose; au-dessus,
une terrasse se prolongeait jusqu'aux premiers plans de la montagne. Là, Hérille
avait renouvelé les merveilles des jardins
suspendus de Sémiramis. Parmi des co-
lonnes et des fûts d'albâtre taillés en forme
de palmiers, il avait érigé les fûts et les co-
lonnes d'arbres vivants chargés de leurs
fleurs et de leurs fruits. A cette double végétation d'autre fleurs s'attachaient encore,
brodant leurs nuances éclatantes sur tout ce
qui pouvait servir de support à leur caprice.
Des parterres harmonieusement diversifiés
s'étendaient entre des tables de brocatelle;
comme des gouttelettes de soleil, les petites corolles d'or des thunbergias retombaient partout légères et luisantes. C'était
la fleur aimée d'Alessandrina, celle sur
laquelle ses regards se posaient de préfé-
rence; Hérille en avait fait sortir à profusion de cette terre savamment préparée,
que des eaux jaillissantes arrosaient sans
cesse.

Mais il restait encore une merveille à accomplir. Au milieu de la terrasse, dont la
vue embrassait le plus admirable des pano-
ramas, l'architecte avait disposé sur l'ordre
d'Hérille une vasque en argent, semblable à
celle qui existait dans les jardins d'Archambault. Là, sur un socle triangulaire, devait
s'élever une statue de grandeur humaine.
Quel chef-d'œuvre de l'art antique ou moderne
choisirait-on pour dominer le mystère des
vallées profondes et s'égaler dans l'espace aux
profils orgueilleux des sierras que les nuées
effleuraient de leurs ailes blanches? Hérille
gardait le secret sur ce point même avec Alessandrina. Un soir cependant il se pencha
amoureusement vers elle :

— Voyez, dit-il en lui montrant les travaux
presque achevés : nous pourrons bientôt prendre possession de notre empire. Mais ne pensez-vous pas qu'il y manque encore quelque
chose?

— Que pourrait-il y manquer? répondit
la senhora. N'avez-vous pas tout prévu, tout
ordonné à souhait?

— Alessandrina, répondit Hérille d'une
voix lente, cette demeure sera le temple de
notre amour; et dans chaque temple la
coutume est de placer la statue de la divinité
qu'on y adore. J'ai fait un rêve dont je suis
resté ébloui. Oui, j'ai rêvé de vous voir dans
l'immortalité du marbre, surpassant de votre
beauté souveraine toutes ces artificielles
beautés qui ont été inventées pour vous
plaire. Songez, Alessandrina, à la joie pro-
digieuse de votre amant quand, la nuit venue, il vous serrera dans ses bras et que res-
plendira en même temps sous les étoiles
l'image parfaite de votre corps. Quelle ivresse
de sentir alors palpiter contre ma poitrine la

gorge dont j'apercevrai la courbe voluptueuse caressée par le luisant reflet des astres !

— C'est un rêve de Sardanapale ou de Crésus, fit Alessandrina en souriant. Mais libre à vous de le mettre à exécution. Je vous appartiens, Hérille ; disposez de moi à votre gré, et multipliez autant qu'il vous plaira les moyens de posséder votre idole.

Comme si ces mots eussent été doublés d'un sens mystérieux, Alessandrina baissa la voix en les prononçant. Hérille les but sur ses lèvres. Enivré, il songeait au jour où il l'avait aperçue dans sa nudité édénique, comme une grande fleur vivante penchée sur le frissonnement des eaux. Tout un Orient de poésie et de parfum chantait dans le cœur de l'amant. Les transports de Salomon célébrant la Sulamite se reformaient tout naturellement dans son esprit.

Il emmena Alessandrina dans les jardins, parmi les fleurs ardentes aux corolles ébrasées dont la chair palpitait encore sous la molle tiédeur de la brise équatoriale.

IX.

La sensualité de l'or commandait à Hérille autant que celle de la chair ; mais l'orgueil surtout le dominait. Pour inaugurer les nouveaux embellissements de la villa, il avait voulu donner une fête splendide où il avait convié ses amis de Rio, toute cette aristocratie des affaires dans laquelle il était entré du premier coup et comme de plain-pied dès son arrivée au Brésil, grâce à l'intervention d'Archambault.

Partout on avait disposé dans les allées et dans les salles des guirlandes de lumières alternant avec les festons des feuillages. Mais c'était sur la terrasse qu'on avait accumulé le plus de splendeurs. Comme le pont d'un navire pavoisé de banderoles multicolores, cette terrasse était décorée d'un bout à l'autre d'étoffes soyeuses qui flottaient parmi les transparences bleues de l'atmosphère. Des femmes souriantes passaient à travers ce chatoiement de lumières et de couleurs. Des musiques, invisibles et lentes, semblant émaner de la viole des séraphins, chantaient langoureusement des airs qui caressaient la pensée sans s'imposer directement à elle. Un ciel de velours et de diamants planait sur cette joie terrestre.

Hérille, pendant que ses invités savouraient les délices préparées pour eux, s'était retiré un instant à l'écart. Il contemplait à l'horizon la ligne impassible des montagnes, et plus bas, s'abaissant ou s'élevant comme les vagues d'une mer houleuse, l'ondoiement des collines que la lune chargeait d'écume blanche. Ce panorama, familier à ses yeux, lui communiquait ce soir une émotion particulièrement intense, en même temps que les sons de la musique et les éclats de la fête arrivaient par intervalles jusqu'à lui. D'un brusque retour il se comparait à lui-même dans le passé : il se revoyait enfant humble et presque sauvage, conduisant paître le bétail aux pentes grasses des talus ; et peu à peu les étapes qu'il avait franchies se dessinaient devant ses regards comme les échelons abrupts des montagnes ; au sommet, il s'apercevait glorieux, possédant la terre. Un frisson de fierté le secouait.

Comme il demeurait immobile dans sa rêverie, une main robuste se posa sur son épaule :

— *Quo non ascendam ?*

Archambault souriait en prononçant cette devise qu'ils avaient autrefois adoptée ensemble.

— Ne te défends pas de te complaire dans ton élévation, poursuivit-il avec sa bonhomie cordiale. Je connais ces minutes où l'on est à soi-même son propre dieu ; elles ont autant de saveur que les plus tangibles voluptés.

— Comment peux-tu deviner que telles étaient mes pensées ? dit Hérille.

— A quoi penserait un homme dont tous les désirs sont satisfaits, si ce n'est à la puissance de volonté qui lui a permis de réaliser ces désirs ? Ami, nous sommes tous façonnés de la même argile et sensibles aux mêmes contingences.

Ils se retournèrent. La terrasse illuminée présentait un aspect féerique. Des jets d'eau s'élançaient et retombaient en perles irisées comme des gemmes ; et les fûts de marbre, mêlés aux verdures, s'imprégnaient de molles clartés. Au milieu, parmi un étincellement de lueurs plus ardentes, merveilleuse, divine, une statue montait sous les regards des étoiles. Elle sortait de la vasque d'argent où frémissait une onde tiède, et le marbre dont elle était faite avait la transparence d'une carnation vivante. Pour tous ceux qui l'admiraient de loin, cette statue représentait dans sa pose traditionnelle la Vénus Anadyomène sortant de l'écume des flots. Mais, à certaines particularités de la gorge et du visage, il était facile de reconnaître Alessandrina. Archambault ne s'y trompa point.

— Ainsi tu en es toujours aussi fou ? demanda-t-il.

— Toujours, répondit Hérille.

— Tant mieux ! fit Archambault.

Et il ajouta sans aucun trouble :

— Pour moi, je fais en ce moment mes délices de la sœur d'Alessandrina, que tu as dédaignée. C'est une créature presque aussi parfaite que l'autre, et tout aussi caressante. Ainsi tu vois que sans le vouloir nous en sommes revenus à ma première combinaison qui nous faisait frères.

Il riait, mais Hérille évita de prolonger l'entretien. Le sans-façon avec lequel Archambault traitait la matière amoureuse le gênait un peu malgré lui dans ses préjugés d'Européen, et surtout dans ses scrupules de délicatesse, dont il ne s'était jamais entièrement débarrassé. Ils redescendirent vers la terrasse. Des tables y avaient été dressées pour un festin nocturne ; les invités par petits groupes s'assemblaient autour. Hérille remarqua que de secrètes harmonies faisaient s'accorder entre eux les êtres et les choses, que sous ce ciel embrasé, hommes et femmes, fleurs et fruits, avaient les mêmes couleurs de passion. Une semblable langueur, doublée d'une vitalité puissante, faisait se pencher les fronts, comme sur leurs tiges les calices trop pesants des fleurs ; les fruits dans leurs formes primordiales et étranges semblaient posséder une sensibilité nerveuse, avoir des muscles et du sang comme des êtres humains. Tout vibrait et vivait, tout exhalait des parfums de sève et de désir. Les arbres avaient des bras qui s'étendaient dans l'espace, et les branches des mains ouvertes frémissantes dans la nuit...

— Que l'on amène les danseuses ! commanda Hérille.

Il avait cherché, en organisant cette fête qu'il voulait unique, quel régal de haut luxe pourrait être offert à ses hôtes. La musique, commune à toutes les réunions brésiliennes, ne constituait pas une distraction suffisante. Alors il avait pensé à faire venir une troupe de danseuses indiennes, qui pendant le repas rythmeraient leurs gestes et leurs pâmoisons à l'extrémité de la terrasse.

Très jeunes et très jolies elles étaient toutes. Une pénombre douce les enveloppait, qui rendait plus éclatantes la scintillation de leurs prunelles et les joailleries dont elles étaient couvertes ; leurs bracelets et leurs ceintures d'or se confondaient avec le grain luisant de leur peau ; du jasmin blanc étoilait leur front. Elles dansaient, et leurs corps légers, presque fluides, s'enlevaient sur les pentes bleues des montagnes. Telles, elles semblaient faire partie du paysage, être les divinités aériennes de cette nature enchantée.

Cependant autour des tables les convives se grisaient de voluptés et de vins. A mesure que la nuit se faisait plus profonde, plus de lumières s'allumaient dans les jardins et sur la terrasse. Peu à peu le décor indécis des montagnes s'effaçait derrière les corps légers des danseuses. C'était en pleine clarté qu'elles évoluaient maintenant dans un tourbillonnement éperdu. Les liqueurs capiteuses circulaient, débordaient les coupes. Les regards des femmes s'exaltaient ; des ombres de volupté pâlissaient la face des hommes. Hérille, les yeux fixés sur Alessandrina, jouissait de la vie, de l'orgueil, de la beauté...

Mais tout à coup on le vit devenir blême. Chancelant, de ses deux mains, il se retenait à la table. Ses yeux avaient quitté le visage d'Alessandrina et demeuraient attachés sur Joaquim, qui venait d'apparaître. Le banquier se tenait debout, derrière la table du festin. Il agitait de ses doigts fiévreux une feuille de papier volante. Hérille comprit que les mots tracés sur cette feuille contenaient l'arrêt de sa destinée, le secret d'une effroyable, d'une irréparable chute. Il se leva enfin et courut rejoindre Joaquim.

A l'écart, les deux hommes échangèrent des paroles brèves :

— C'est fini. Nous sommes à la mer ! dit Joaquim.

— Ce n'est pas possible ! Ce n'est pas possible ! murmura Hérille.

Il disait cela, mais la conviction était déjà faite dans sa pensée. D'ailleurs le papier fatal était dans ses mains, annonçant le revirement soudain, la ruine complète.

Il voulut parler, interroger encore, mais Joaquim avait disparu. Alors Hérille s'effondra à la place même où tout à l'heure, devant la gloire des montagnes, il s'était vu possédant la terre. Il pleura. Sur la terrasse et dans les jardins la musique continuait à bercer la joie des convives ; les danseuses agitaient leurs corps légers, presque nus, à travers les guirlandes de lumière. Des rires, des frissons de joie emplissaient encore la demeure de son orgueil.

X

Hérille avait eu la force d'âme de cacher à ses hôtes le malheur qui venait de fondre sur lui. La fête s'était terminée dans une apothéose de gaieté et de fleurs. Une dernière fois il avait voulu tenir entre ses bras sa voluptueuse idole. Puis il était parti pour Rio, afin de mesurer par lui-même l'étendue de la catastrophe.

Arrivé à la maison de Joaquim, il avait trouvé les portes ouvertes et le maître du logis absent. Des employés, le chapeau sur la tête, allaient et venaient dans les salles, désemparés. Sur les meubles la poussière de la veille n'avait pas été enlevée. Malgré le grand jour, le gaz brûlait encore dans les lampes que des globes de cristal vert entouraient. Hérille remarqua que la Ruine et la Mort laissaient après elles les mêmes traces de désolation.

Pendant une semaine il resta dans Rio sans vouloir retourner à Pétropolis. Son activité le maintenait encore debout. Il multipliait les courses et cherchait à réunir les épaves de sa fortune. Mais cette chute rapide avait réduit en miettes le trésor si facilement amassé. Ce fut à peine s'il réussit à en sauver quelques débris.

Cependant il ne pouvait moins faire que d'annoncer la catastrophe à Archambault. Il choisit l'heure de la méridienne pour se rendre auprès de lui. A cet instant, il était à peu près certain de le trouver seul. Archambault sommeillait en effet, étendu sur la fraîcheur d'une natte, dans un pavillon lambrissé de faïences claires. Hérille se pencha et le toucha légèrement à l'épaule.

— Je viens te faire mes adieux, dit-il.

— Allons donc! fit Archambault à demi éveillé. Tu n'as pas réuni encore assez de millions pour retourner en Europe.

— Je pars, répéta Hérille à voix basse.

Alors Archambault se leva brusquement et un cri sortit de sa position :

— Hérille que t'arrive-t-il? Tu es ruiné?

— Oui, dit Hérille; j'ai tout perdu dans une opération avec Joaquim.

— Malheureux! Quelle opération? Laquelle? Parle... Pourquoi ne pas m'avoir consulté?

Hérille rougit faiblement; le souvenir lui revenait de cette matinée de parfum et de soleil où il s'était rendu à la villa avec l'intention d'entretenir son ami de ses grands projets, et où il avait aperçu Alessandrina se baignant dans l'eau tiède du bassin.

— J'ai voulu... puis j'ai négligé de le faire, balbutia-t-il. Je me croyais sûr du succès.

— On n'est jamais sûr de rien, reprit Archambault. Vois : Joaquim, malgré son expérience, s'est effrondré lui-même dans l'affaire où il t'a entraîné. Mais raconte, donne-moi des détails.

Hérille raconta. Archambault l'écoutait, le front soucieux.

— Ce n'est pas irréparable, fit-il après avoir réfléchi quelques instants. Je gage que d'ici trois mois Joaquim aura retrouvé des fonds et tentera de nouvelles entreprises. Il est parti, me dis-tu; c'est pour réunir des capitaux. Quant à toi, tu n'as pas besoin d'aller en chercher bien loin. Ma caisse t'est dès à présent ouverte. Je serai ton associé. Veux-tu?

— Merci, dit Hérille. Tu es la bonté même, mais je refuse.

— Ne refuse pas si vite, attends d'être tout à fait de sang-froid, dit Archambault.

Mais les jours passèrent sans modifier sa résolution. Ce coup imprévu l'avait fortement ébranlé. Il s'apercevait que sa santé, soutenue jusque-là par l'ardeur de l'action, était profondément minée, incapable de fournir un nouvel effort. Des fièvres lui venaient vers le soir, et le matin il se réveillait, toute son énergie disparue. Non, il ne se sentait pas le courage de recommencer sa vie, de tenter une seconde fois la fortune; ses tristesses passées, qu'il avait oubliées dans l'enivrement du triomphe, revenaient encore pour l'accabler. Il se considérait comme marqué d'une irrémédiable malédiction. L'amitié d'Archambault, l'amour d'Alessandrina, n'étaient pas des attaches assez puissantes pour le retenir.

Le même élan spontané qui l'avait poussé loin de sa patrie le pressait maintenant d'y revenir. Là seulement, lui semblait-il, il pourrait rencontrer un peu de repos, achever d'exister dans une paix obscure. Oh! retrouver la contrée natale, et dans cette contrée le seul coin où vraiment il aurait eu raison de vivre, le Piolet, la maison paternelle!... Mais cette demi-consolation serait-elle réservée à sa vieillesse?...

Archambault cependant le pressait toujours de demeurer. Il lui citait des exemples de fortunes faites et défaites pareillement. « Si tu le voulais, lui répétait-il, je me ferais fort de te remettre à flot avec quelques coups d'aviron.» Hérille secouait la tête et n'attendait pour partir que la solution des affaires qu'il lui restait encore à liquider.

Il avait trouvé à céder sa villa merveilleuse à un de ses anciens partenaires. Une dernière et suprême inquiétude seule le retenait: Alessandrina! Un soir il se décidait de s'en ouvrir à Archambault.

— Elle ne sait rien encore, disait-il. Quelle douleur va être la sienne, et quelle compensation pourrais-je lui assurer ?

Archambault prit la main d'Hérille :

— Tu es décidé à partir, malgré mes instances ? En ce cas ne t'inquiète pas d'Alessandrina ; elle reviendra près de moi comme par le passé.

— Cela ne se peut pas ! fit Hérille avec force.

La jalousie venait encore une fois de le mordre au cœur.

— Pourquoi ? fit Archambault doucement. Est-ce parce que j'ai déjà sa sœur dans ma maison ? Elles seront deux, voilà tout ; et leur sort n'en sera que plus agréable.

— Non, non, dit encore Hérille. D'ailleurs, consentirait-elle à ce nouveau changement ?

Un espoir lui restait que la jeune femme qui semblait s'être tant attachée à lui, refuserait de retourner avec Archambault.

— Envoyons-la chercher, décidèrent-ils ensemble.

Elle vint, souple et lente, ses yeux de braise brûlant dans la pâleur de son visage. Archambault lui prit la main :

— Alessandrina, dit-il, Hérille est obligé de retourner en Europe ; il ne peut plus vous garder avec lui. Voulez-vous revenir chez moi comme auparavant ?

Et Alessandrina, sans un mot de regret, sans un regard pour Hérille, avait suivi son ancien amant.

QUATRIÈME PARTIE

I

Hérille était revenu en France, n'ayant plus qu'un désir : racheter le bien de ses parents et y vivre solitairement, dans le calme et la simplicité rustiques. Il avait fait le tour de son ambition et de ses rêves ; la fortune autant que l'amour l'avait déçu. Il lui semblait que seule maintenant la nature bonne et clémente, la nature qu'il n'avait jamais cessé d'aimer, pouvait répondre à ce besoin d'apaisement qui était dans son cœur.

En réalité, sa chute soudaine l'avait moins meurtri qu'il ne l'avait supposé tout d'abord. Les racines de son être ne s'étaient pas ancrées profondément au sol étranger. Ce dont il souffrait surtout, c'était cette perpétuelle errance à laquelle il semblait condamné, n'avoir ni foyer ni enfant, lui en qui les besoins de tendresse avaient si longtemps dominé. Mais cela encore s'était éteint dans son âme. La solitude ! La paix ! voilà ce dont uniquement il avait soif.

Sa crainte était que la maison de ses pères eût été défigurée, que le propriétaire actuel ne consentît pas à s'en dessaisir. Cette inquiétude le tenait tellement au cœur qu'avant de se rendre au Piolet il voulut prendre ses informations auprès du notaire de Saint-Pierre-sur-Dives. Le notaire était mort récemment, et ce fut un nouveau venu qui reçut Hérille. Les recherches durèrent un long moment. Pendant ce temps Hérille se remémorait les circonstances qui avaient accompagné la vente du bien paternel. Il se rappelait tous les sacrifices qu'il avait faits pour contenter cette femme perfide, qui dans le même moment le trahissait.

La voix du jeune notaire interrompit ses méditations :

— En effet, monsieur, le domaine du Piolet est de nouveau en vente. Je suis même chargé de chercher un acquéreur.

— A quelles conditions ? fit Hérille.

Il se trouvait que le prix demandé dépassait celui sur lequel il avait compté. Le propriétaire actuel avait joint un bois à la ferme et voulait se défaire du tout à la fois. Cependant Hérille avait calculé que, telle encore, cette acquisition lui laisserait des rentes suffisantes pour vivre de la vie modeste d'un campagnard.

— Quand pourrai-je entrer en jouissance ? demanda-t-il, après avoir arrêté avec le notaire les différents articles du contract.

— Mais tout de suite si vous voulez, aussitôt après l'échange des signatures. Je vous préviens néanmoins que quelques réparations sont nécessaires au bâtiment.

— Je reviendrai dans huit jours, conclut

Hérille. En attendant, veuillez donner des ordres pour que le plus urgent soit fait.

Son intention était de se rendre durant cet intervalle à Paris, afin d'achever l'arrangement de ses affaires. Ensuite, il n'aurait plus à quitter le Piolet, il pourrait se plonger avec délices dans le repos et l'indifférence, après tant de secousses qui l'avaient rendu vieux avant l'âge. Ce fut donc avec l'état d'âme d'un futur cénobite qui va prendre congé définitiment de la vie sociale qu'Hérille fit son entrée dans la grande ville. Il y arriva par cette même gare de la rive gauche où il avait débarqué de sa province trente ans avant, son avenir flamboyant devant lui comme un soleil. Certes, si quelque devin lui eût tiré à ce moment son horoscope, s'il eût pu être averti des invraisemblables fortunes qui l'attendaient, en même temps que de tout ce qui devait crucifier son âme, il eût renoncé à parcourir ce cycle de jouissances et de désespoirs, et sans hésiter il eût commencé sa vie par où il la finissait maintenant.

Des souvenirs en foule lui remontaient à la pensée, à mesure qu'il reconnaissait les endroits où il avait vécu. Pendant tout le temps de son séjour au Brésil, la fièvre des affaires et la diversion totale apportée dans ses habitudes avaient jeté comme une ombre opaque sur le passé. Maintenant, au contraire, tout lui parlait de ce passé, qu'il avait cru à jamais aboli. Un désir lui venait de l'évoquer plus sensiblement encore. L'image blonde et presque effacée de Léa flottait dans sa mémoire avec les teintes douces d'un pastel ancien. Qu'était-elle devenue, la fillette au clair visage, à la voix de cristal, aux yeux de pervenche ? Sans doute une vieille pauvre et désolée, épave que la vie avait roulée de chute en chute jusqu'au définitif abandon. Du moins il voulait reprendre de ce souvenir — le seul pur qu'il retrouvât en lui — tout ce qui s'y attachait encore de réconfortant. Un matin, une voiture le conduisit jusqu'à Saint-Mandé. Il faisait beau. C'était précisément un jour de printemps ensoleillé, comme celui où il avait pour la première fois rencontré Léa. Mais, à part cette similitude, combien tout ce qu'il apercevait lui semblait changé ! Le bois, autrefois si discret, si plein d'ombre et de solitude, était peuplé maintenant dans presque toute son étendue ; ses allées ombreuses étaient transformées en routes bordées de maisons banales, neuves et exiguës, où l'espace était mesuré à chaque habitant comme dans les compartiments d'un phalanstère. Hérille espéra du moins que le chalet qu'il avait habité avec sa première maîtresse avait échappé à ce nivellement général. Il se dirigea de ce côté.

Mon Dieu ! que sa jeunesse était loin de lui ! Que tout ce qu'il avait ressenti d'émotions et de troubles délicieux en parcourant tant de fois ce même chemin, lui paraissait des choses desséchées et mortes, telles des branches cueillies au temps de leur verdeur et frémissantes de feuillages et qui ne seraient plus maintenant que des fagots de bois mort et desséché ! Oui, que tout cela était loin de lui ! Plus jamais maintenant, il le sentait, l'amour ne refleurirait dans son âme ; l'amour était dans les replis de son âme comme un bouquet flétri, dont seule l'odeur suave persistait encore... Ses yeux mêmes restaient secs et sa respiration égale. Néanmoins, un sentiment indéfinissable le poussait vers le chalet où il avait coulé des jours si heureux.

Mais il eut beau chercher et battre les sentiers aux environs ; du chalet jadis si bellement, paré de glycine et de chèvrefeuille il ne restait rien. Il eut peine à en reconstituer la place. Ce devait être là même où s'élevait à présent une bicoque, isolée sur laquelle était écrit en grosses lettres : *Au rendez-vous des promeneurs* ; au-dessous, un bouchon pendait tristement à un rameau de sapin. Cette enseigne vulgaire parut à Hérille une profanation. Il s'éloigna. Décidément la fraîche idylle de ses jeunes années était bien irréparablement défunte, non seulement en son cœur, mais encore dans le lieu où elle avait fleuri autrefois.

Ayant accompli ce pèlerinage, Hérille ne voulut plus s'occuper que des affaires pour lesquelles il était venu à Paris. Néanmoins des souvenirs encore continuaient à le poursuivre. A chaque instant, comme évoqué par les pierres elles-mêmes, le fantôme de quelque ami ancien reparaissait devant les yeux de sa mémoire. L'un d'eux surtout le hantait : Maître Rivolat, Hérille, malgré le triste dénouement de son mariage, avait gardé au père d'Octavie tous les sentiments que jadis il lui avait voués. De ce que l'amour tant de fois l'avait brisé, il demeurait plus fortement enclin à l'amitié. Sa nature loyale y trouvait des joies saines et vives. Mais là encore les complications de son existence ne lui avaient pas permis de cultiver cette fleur précieuse de l'amitié qui, pareille aux simples fleurs des champs dont la vertu guérit le voyageur brûlant de fièvre, soulage l'homme des meurtrissures que lui fait la vie. Des amis ! Hérille n'en avait plus à cette heure... Archambault était loin ; les autres étaient dispersés ou morts.

Pourtant il aurait voulu savoir... Plusieurs fois le hasard de ses courses l'avait forcé à passer devant l'hôtel de son ancien beau-père. Il avait même aperçu à travers une des fenêtres du rez-de-chaussée la figure du concierge, vieillie et ridée, mais bien reconnaissable avec la calotte de velours vert toujours posée à la même place, en arrière du front. Un soir, comme la nuit tombait, Hérille se risqua à entrer ; il se savait, lui, transformé, autant par sa barbe, qu'il laissait pousser maintenant, que par ses cinq années de séjour au Brésil, qui lui avaient mis comme un masque d'exotisme sur le visage. Et, en effet, le concierge ne le reconnut point ; il souleva sa calotte à peu près poliment, et répondit aux questions qui lui étaient posées : Maître Rivolat était mort il y avait pas mal de temps ; certainement les contrariétés qu'il avait eues n'étaient pas sans y avoir contribué pour beaucoup.

— Il avait eu des contrariétés ? insinua Hérille.

— Sa fille ! Une pas grand'chose, celle-là ! Un beau jour elle avait planté là tout son monde, père et mari, pour s'en aller avec son galant ; et ce n'était pas fini, elle en avait épousé un troisième. Pour un homme comme il faut comme M. Rivolat, vous comprenez, monsieur, ce sont des coups dont on ne se relève pas.

Les curiosités d'Hérille étaient satisfaites. D'avoir voulu remuer le passé, un peu plus d'amertume était dans son cœur ; un plus grand besoin aussi d'aller se réfugier dans la paix des champs. Paris, avec tout ce qui s'y étale de tentations, ne le retenait point. Aussitôt ses dispositions prises, il retourna au Piolet, d'où il était décidé à ne plus sortir.

II

Quand Hérille prit possession du domaine paternel, les avoines verdissaient les glèbes et partout dans la vallée les pommiers étaient en fleur. Il trouva la maison un peu vieillie, mais ressemblant encore à ce qu'elle était autrefois, avec le même air de bonté répandu sur sa façade grise. Hérille ne s'y trompa point : c'était une amie qui l'accueillait. Il eut la sensation délicieuse de retrouver enfin l'intimité du cadre familier, de se retrouver lui-même dans tout ce qui s'offrait à ses regards. Un peu de son enfance insou-

ciante et heureuse flottait dans l'atmosphère natale et se résorbait en lui. Ses impressions d'alors lui revenaient en foule, non point altérées celles-là par les troubles de la passion, mais fraîches et virginales, comme des fleurs d'aurore demeurées vivantes sur leur tige.

Ce fut d'abord au moral qu'il éprouva cette sensation de rajeunissement. Au physique, son corps usé et fatigué lui semblait plus las dans le repos. La fièvre surtout, la terrible fièvre, l'avait suivi jusque sous les ombrages du Piolet. On eût dit une bête malfaisante qui le guettait, fondait sur lui et l'emportait dans un galop effréné à travers des régions brûlantes et de méphitiques vapeurs. Il avait beau s'en défendre, prendre mille précautions contre elle, la terrible bête revenait toujours, l'entraînant dans son infernal sabbat et le laissant à demi mort, comme roué de coups par la main invisible de quelque mauvais génie.

Peu à peu, cependant, les accès s'étaient faits plus rares. Entre temps, Hérille avait pris plaisir à organiser sa paisible existence. Il avait retrouvé dans le pays les anciens serviteurs de ses parents, le père Chanot et sa femme Claudine, qui n'avaient pas demandé mieux que de venir habiter auprès de lui. Ces braves gens ne s'étaient pas consolés d'avoir été obligés de quitter la maison où ils avaient vécu si longtemps. Leur réintégration fut une fête ; ils arrivèrent, les bras chargés de salaisons et de bouteilles de calvados qu'ils voulaient offrir à leur jeune maître ; car pour eux, Hérille, malgré ses cheveux parsemés de fils d'argent, était toujours le jeune Hérille qu'ils avaient connu autrefois.

De cette simplicité de sa nouvelle vie, succédant aux splendeurs dont il était entouré au Brésil, Hérille ne souffrait point. Paysan il était né, paysan il se revoyait avec délices, épris de la terre, mettant en elle toutes ses énergies d'homme. Chaque matin il partait en promenade à cheval ou à pied, arpentant la campagne. Rien ne lui paraissait plus beau que ces vastes espaces tout en culture et où pas un pouce du sol n'était perdu. Les plus admirables paysages romantiques n'égalaient pas à ses yeux la poésie de ces champs plantés de céréales ou de légumes, que le soleil animait d'une vitalité féconde. Il lui arrivait quelquefois de rentrer chez lui ivre de grand air et de lumière. Le repas modeste qui lui était présenté dans la vieille faïence du pays sollicitait mieux sa faim que les mets recherchés auxquels son estomac délabré ne trouvait plus de piment. Après il faisait la sieste, étendu dans un herbage, la tête sous un pommier. Il avait toujours aimé la lecture, et jamais il n'avait trouvé le temps de satisfaire ce penchant ; maintenant ses soirées étaient occupées à reprendre ses auteurs favoris. Dans le calme de sa chambre, il prolongeait souvent la veillée jusqu'à minuit, la tête inclinée sur un livre. Aucun bruit ne venait troubler son recueillement. Quelquefois seulement le chien de garde, d'un aboi vif, faisait tressaillir la maison close. D'autres cris alors répondaient dans l'éloignement, et c'était pour Hérille un plaisir singulier que d'en suivre les échos à travers cette campagne dont tous les lieux lui étaient familiers. Il se souvenait que, tout petit, il trouvait le même plaisir à se savoir en sûreté dans le bien-être de son lit, tandis que dehors le Danger ou l'Épouvante passaient ; mais, pour que cette sensation eût toute sa saveur, il lui fallait être assuré que ceux qu'il aimait, son père, sa mère, étaient comme lui à l'abri. Ainsi le double courant d'égoïsme et de tendresse, contre lequel il s'était si souvent débattu, était déjà en lui à cette époque lointaine, et toute sa personnalité complexe était déjà contenue dans son âme inconsciente d'enfant.

Maintenant c'était du côté de l'égoïsme qu'Hérille se laissait pencher visiblement. Mais pourquoi en eût-il conçu des remords ? Tout ce qu'il avait tenté de faire pour les autres avait toujours tourné à sa propre confusion. Vivre pour soi, sans obligations comme sans désirs, lui semblait à cette heure de son existence le dernier mot de la sagesse.

III

Au bout de quelques mois, Hérille s'était si bien adapté à sa nouvelle existence rustique qu'il se souvenait à peine en avoir jamais mené de différente.

La saison des chasses était venue lui apporter un autre élément de plaisir. Sa santé, maintenant raffermie, lui permettait de s'y livrer sans fatigue. Deux ou trois fois la se-

maine il partait dès la petite aube ; son carnier lui battant au flanc, son chien sur les talons, il se rendait loin dans le pays d'Auge dans les vestiges de l'immense forêt de *Saltus Algiæ*, qui autrefois couvrait la contrée tout entière. Souvent, au lieu de guetter le gibier, il s'oubliait à suivre les jeux de la lumière dans les feuillages. Son amour pour la nature grandissait à mesure qu'il se rapprochait d'elle davantage, et d'un cœur plus dégagé des préoccupations extérieures. Chaque jour, en se réveillant dans la simplicité de sa chambre, il se félicitait d'avoir su échapper à la tentation de courir après la fortune, qui l'avait trahi. *Aurea mediocritas*, répétait-il après le poète de Tibur. Il savourait dans tout ce que ces choses ont d'exquis la beauté de l'horizon natal et la joie de manger les fruits de son verger.

Cependant plusieurs avances lui avaient été faites. Des châteaux environnants on l'avait sollicité de prendre part à des chasses régulièrement organisées, suivies de repas luxueux. Le notaire de Saint-Pierre-sur-Dives, le curé du village voisin, étaient venus lui rendre visite. Systématiquement il se refusait à nouer aucune relation. Il était trop heureux de posséder toute sa liberté, d'être revenu à l'état primitif et simple. Volontiers, au contraire, entrait-il chez les paysans. Il aimait les interroger et s'intéressait à leurs faits et gestes. C'était le dernier lien qui le rattachât à la vie sociale et qui l'empêchât de passer à ses yeux pour un inutile misanthrope. Car parfois le besoin de se donner l'agitait encore ; mais il n'y satisfaisait que dans la mesure où il était certain de ne pas entraver sa précieuse indépendance.

Un jour qu'il avait été entraîné plus avant que le rayon habituel de ses courses, à la poursuite d'un lapereau sauvage, il perdit son orientation et se trouva débucher dans une clairière. Les arbres, droits et lisses, étaient comme des géants muets autour de lui. Leurs branches de tous côtés fermaient l'horizon, cachant le ciel dont Hérille n'apercevait au-dessus de sa tête qu'un espace rond, pareil au dôme intérieur d'un édifice. Où était le nord ? Où était le midi ? La lumière partout était égale, diffuse et ambrée, à travers les feuilles déjà jaunies. A vrai dire, le chasseur ne s'inquiétait guère d'être égaré ; en tâtonnant un peu, il finirait toujours par se remettre dans son chemin. Ce qui le tourmentait davantage, c'était la soif atroce dont il souffrait. Pour quelques gouttes d'eau il en eût donné autant de son sang. Mais où trouver une source, ou même le moindre ruisseau? Il fallait se résigner à faire un nombre indéterminé de kilomètres avant de pouvoir s'humecter les lèvres.

Il sortit de la clairière et marcha droit devant lui, résolument. Son chien le précédait, humant l'air et godillant de la queue. Le mieux pour Hérille était de suivre l'animal doué d'un infaillible instinct; nul guide plus sûr que celui-là ne pouvait le ramener au logis. Pendant un moment ils avancèrent au milieu d'un complet silence; puis, tout à coup, des aboiements retentirent à quelques mètres de là, mêlés à des éclats de voix humaine; la note rouge d'un toit apparut dans le retrait du sentier. Évidemment c'était quelque pavillon de garde. « Je vais pouvoir boire enfin ! » pensa Hérille.

Cependant, comme les mêmes éclats de voix venaient de frapper encore ses oreilles, une autre idée s'empara de lui. Quelqu'un devait se fâcher fort dans la maisonnette. Maintenant il distinguait des sanglots, qui répondaient à la voix brutale. Il s'approcha et cogna à la porte de son poing fermé, tandis que les deux chiens, s'étant rejoints, tournaient avec précaution l'un autour de l'autre.

Un homme ouvrit, face colorée, où luisaient des yeux trop petits sous une casquette lisérée de rouge : le garde-bois à coup sûr. Hérille pria qu'on lui permît de se rafraîchir! Justement, sur une table, à l'entrée du pavillon, il y avait un pichet de cidre à demi plein.

— Félicité, cria l'homme, apporte des verres !

Félicité! Celle qui portait ce nom en accentuait davantage, par son aspect, l'ironie amère. Les sanglots qu'Hérille avait entendus, c'était elle qui, certainement, les avait poussés. Pourtant, sans prendre le temps de rajuster son visage, elle apporta ce qui lui était demandé : puis, d'un pas traînant, comme si le chagrin l'eût alourdie, elle retourna au fond de la chambre.

— C'est ma fille, dit le garde, répondant à un regard interrogateur d'Hérille.

— Votre fille? il me semble que vous ne vivez pas en très bonne intelligence avec elle ?

L'homme, qui s'était attablé en face de lui, but une ample rasade de cidre.

— Je voudrais vous y voir ! Une fainéante, une sournoise, dont on ne peut rien tirer ! Du matin au soir elle est là, à traîner ses savates dans la maison, pendant que je m'éreinte à arpenter les fourrés du bois. Et quand je rentre, c'est à peine si je trouve ma soupe faite. Avec ça des airs de se moquer

du monde ! Il y a des moments où je me retiens pour ne pas lui décharger ma carabine dans l'estomac !

Coup sur coup l'homme vida et remplit son verre; maintenant le pichet était à sec. Hérille considérait cette face tuméfiée, le blanc jaunâtre de ces yeux et le tremblement de ces mains osseuses. A coup sûr c'était un alcoolique invétéré qu'il avait devant lui. Hélas ! ce n'était pas le premier qu'il rencontrait dans la région; mais quel sort horrible que celui de la pauvre créature condamnée à vivre à côté de cette brute !

Doucement il dit :

— Si elle ne vous est bonne à rien, votre fille, pourquoi ne la mettez-vous pas en service?

— C'est bien ce que je voudrais ! — l'homme asséna un coup de poing sur la table, — mais ça n'est pas si facile; depuis dix ans que nous vivons dans ce trou de bête, elle n'a pas appris autre chose que de ficeler ses robes et de verser à boire aux gens qui passent. Ce n'est pas avec ça qu'on peut prétendre à gagner sa vie !

Hérille ne répondit pas; il songeait. Il songeait que la malheureuse pourrait trouver un asile au Piolet. Le père et la mère Chanot se faisaient vieux, et souvent il souffrait, lui, de les voir peiner à la besogne. Cette fille jeune et vigoureuse leur serait une aide tout indiquée.

— Voulez-vous que je la prenne chez moi? dit-il en levant les yeux.

Il vit le visage de l'homme changer, et une grimace de contentement plisser ses lèvres.

— Faudrait voir ! Moi, d'abord, je ne dis pas non, je me tirerais bien d'affaire tout seul, je n'ai jamais été embarrassé de ma vie.

Et confidentiellement :

— Et puis, vous savez, elle n'est pas aussi empruntée que ça. Tout ça, c'est des paroles qu'on dit en l'air; mais pour tenir une maison propre, il n'y en a pas beaucoup qui la vaillent. Combien que vous lui donnerez d'appointements ?

Dans le fond de la chambre, Félicité, debout, écoutait. Elle acquiesça aux offres d'Hérille.

IV

Jusqu'à présent, Hérille n'avait pas eu à se repentir de sa bonne action. La nouvelle venue faisait peu de bruit et beaucoup de besogne. Depuis qu'elle était là, le Piolet avait un autre air; dedans, dehors, tout était reluisant et en ordre. Elle se levait tôt et aidait aux soins du ménage la mère Chanot, qui l'avait prise en affection. Tard dans la soirée, pendant ses lectures, Hérille l'entendait qui rangeait encore. A quelque heure qu'il rentrât de ses courses, il l'apercevait à travers les fenêtres du rez-de-chaussée, toujours active, toujours empressée, allant et venant entre les deux vieux, qui ne demandaient pas mieux que de se laisser seconder.

Avait-elle vraiment les défauts dont son père s'était plu tout d'abord à l'accuser? En ce cas, le changement de milieu et d'habitudes les avait fait disparaître momentanément. « Une sournoise! une propre à rien! » avait dit l'ivrogne. Cette sournoiserie ne se trahissait guère que par des manières un peu brusques et furtives comme celles d'une bête qui redoute le traquenard. Félicité marchait en se protégeant d'une épaule. Rarement ses yeux supportaient qu'on les rencontrât. Après plusieurs semaines, Hérille en était encore à connaître les détails de son visage. Il s'en souciait peu d'ailleurs et se contentait de constater que la paix de la maison n'avait pas été troublée par la présence de cette étrangère.

Cependant, de plus en plus, insensiblement, la vieille mère Chanot laissait la nouvelle venue se substituer à elle dans les différents offices intérieurs. Tricoter des bas et soigner les poules était à présent le plus fort de ses occupations. Loin de se plaindre que trop de besogne lui incombait. Félicité au contraire avait l'œil et la main à tout; sans effort elle expédiait en deux heures ce que la vieille mettait une demi-journée à accomplir. C'était elle maintenant qui servait Hérille à table; elle le faisait avec cette brusquerie sauvage qui lui était naturelle. Hérille néanmoins pouvait l'examiner à l'aise. Elle avait environ vingt-cinq ans, un teint doré par le hâle, les yeux verdâtres et des cheveux roux, pleins de soleil. Dans la maison du garde, il n'avait vu d'elle qu'une face tuméfiée et couperosée par les sanglots; à présent, ce qui le frappait, c'était la saine vigueur de cette jeune fille de la forêt. Malgré les mauvais traitements que son père avait dû lui infliger — et cela depuis de longues années — elle avait toute la robustesse d'une créature grandie librement parmi les essences sylvestres. Son cou, ses hanches puissantes s'arrondissaient avec l'ampleur des branches gonflées de sève. Un jour, comme sa main

avait frôlé la main d'Hérille en posant un plat sur la table, il avait remarqué que cette main un peu rude avait les mêmes téguments que l'écorce de certains arbres. Certainement, c'était sur le sein nu de la terre et dans le mystère même des feuilles que Félicité avait dû être conçue un soir d'été, alors que les rayons d'un soleil fauve achevaient d'incendier la forêt.

Malgré sa rudesse native, il était évident que Félicité faisait tout ce qui était en son pouvoir pour contenter son nouveau maître.

Elle multipliait autour de lui des attentions et les soins. Très vite, et avec un instinct surprenant, elle avait discerné les goûts d'Hérille et ces petites manies individuelles desquelles les hommes les plus intelligents ne sont pas exempts. Comment faisait-elle pour deviner à l'avance son humeur, les choses qu'il préférait, le plat qu'il avait envie de manger ce jour-là? Elle mettait dans le linge qu'elle préparait pour lui des sachets de lavande dont l'odeur le réjouissait, parce que précisément dans son enfance sa mère se servait du même parfum pour embaumer les armoires. Pendant qu'il était en promenade, elle devait certainement passer un assez grand temps à tout arranger dans sa chambre et dans son fumoir. En rentrant, il s'apercevait toujours de quelque amélioration nouvelle. Des plats de cuivre anciens, qu'il avait accrochés aux cloisons et dont l'éclat s'était éteint peu à peu, reluisaient et flambaient maintenant comme le disque du soleil. Souvent, dans la salle du bas où il se tenait volontiers, une gerbe de fleurs sortait du col ébréché d'un vieux vase de

Rouen, que la mère Chanot avait relégué dans un placard comme indigne de voir le jour. Or, Hérille adorait les fleurs. Il les aimait toutes ; il les avait aimées partout où il avait passé ; fleurs pimpantes de la banlieue parisienne, fleurs embrasées des tropiques, fleurs saines et robustes de la vallée d'Auge. Et intérieurement il savait gré à Félicité d'entourer son âge mûr de cette douceur. Il était heureux aussi de voir que cette fille de la forêt, si fruste et inculte, n'était pas inaccessible à la reconnaissance. Il y avait donc encore dans ce monde des êtres capables de ce sentiment ? Sa philosophie d'homme désabusé et revenu de tout y prenait une légère consolation. Mais sa manière de vivre ne s'en modifiait pas pour cela. Il continuait de trouver ses plus grandes jouissances à courir seul, en sauvage, les bois et les glèbes, à s'enfermer dans sa chambre pour lire un livre de choix, ou à fumer sa pipe silencieusement, en contemplant les récoltes qui sortaient de la terre féconde et qui étaient à lui.

V

Depuis son installation au Piolet, Hérille n'avait pas manqué de professer à l'égard de lui-même que la crainte de la femme est le commencement de la sagesse. Le commencement et la fin. Ses plus grandes souffrances morales, c'était toujours la femme qui les lui avait causées. Les commotions de la Fortune n'étaient que choses bénignes en comparaison des larmes que lui avaient fait verser sa séparation avec Léa, la trahison d'Octavie et même l'étonnante indifférence d'Alessandrina. A ces déchirements profonds, il ne pouvait penser sans frémir. Et il remerciait le ciel de l'avoir enfin conduit au port, après tant d'orages qui avaient ballotté son cœur.

Mais dans le port même, et l'ancre jetée au milieu des eaux, il arrive que le navire s'agite encore et oscille sous l'influence des remous ou de la brise. Il arrive que dans le sommeil l'homme tressaille sous l'impulsion d'un rêve, et que le cénobite, au milieu de l'immobilité de sa vie, ait à comprimer les sursauts de sa nature imparfaitement domptée ; car il n'y a de repos complet que dans la mort.

Hérille, malgré ses solides résolutions, sentait la paix s'éloigner de lui. Il n'était plus plongé dans cette béatitude étrangère à tout, dans ce nirvana fait d'oubli et d'égoïsme au sein duquel il s'était enfoncé avec volupté, heureux de s'y retrouver enfin. Des préoccupations extérieures l'attiraient maintenant hors de lui-même. En se levant, en se couchant, son esprit lui échappait pour suivre de capricieux rêves. Il avait perdu sa liberté d'homme sans passion.

A peine voulait-il en convenir, tant sa dignité s'en trouvait honteuse ; mais véritablement l'obsession de la femme le reprenait. Et comment, par quelles secrètes embûches ? De même que chez tous les êtres sentimentaux, les appétits charnels ne s'éveillaient en lui que sollicités par une séduction directe. Jamais ses sens ne réclamaient qu'en vue d'un objet que son imagination avait pu définir d'avance ; et jamais, même au temps des plus grandes ardeurs de sa jeunesse, le plaisir banal et anonyme ne l'avait tenté. Mais malheur à lui si la tentation revêtait une forme concrète et distincte, devant laquelle toutes les autres images disparaissaient ! A partir de ce moment, il était possédé, il était perdu !... Il n'y avait plus de salut pour lui que dans la fuite.

Certes le danger que courait Hérille en ce moment n'était pas aussi menaçant. Ce n'était encore que les premiers symptômes d'un mal dont il espérait pouvoir déjouer les atteintes. Son âge, d'ailleurs, ne devait-il pas le mettre à l'abri ? Avec le mois de novembre, qui venait de finir, il était entré dans ses cinquante ans. Quand il se regardait dans la glace, il apercevait des rides à son front et, au-dessus, la houppe grise de ses cheveux. A vrai dire, il avait plutôt rajeuni depuis qu'il s'était retrempé dans l'air natal, rajeunissement factice, qui lui donnait l'illusion d'être valide encore, alors que la vieillesse le guettait. Combien il aurait ri de soi-même, si l'aiguisement des passions n'eût pas irrité son cœur !

Ce qui augmentait cette irritation, c'était la certitude d'être le seul auteur de son mal. Certainement celle qui le troublait ainsi, la fille sauvage de la forêt, ne devait en avoir aucune conscience. Elle allait et venait autour de lui, sans prendre la peine de le regarder autrement que d'un coup d'œil subreptice, à la dérobée. Elle ne se gênait même pas pour le frôler en passant, comme elle l'eût fait d'un meuble insensible. Pour le servir, elle gardait une jupe courte qui laissait voir la naissance de ses jambes dures enfermées dans des bas de laine gros bleu ; son corsage était échancré un peu par devant et à la nuque ; quelquefois sa poitrine gonflée faisait s'entr'ouvrir l'étoffe entre les boutons.

Ces détails exaspéraient Hérille ; il s'ingéniait à ne pas les apercevoir et, pour cela, il mangeait les yeux fixés sur un livre ouvert près de lui ; mais quand elle lui versait à boire en s'inclinant de son côté, il sentait le parfum violent des cheveux roux, où toute la chaleur du corps était montée.

Un jour qu'il avait affaire dans son cellier, il la vit qui lavait les carreaux du sol, agenouillée, les bras nus jusqu'aux épaules, sa robe d'indienne collée aux flancs. Elle ne se dérangea pas quand il entra. Il dut, pour aller au fond, traverser sa croupe puissante. Les tempes alors lui battirent et il vit rouge. En sortant, il fit claquer la porte derrière lui.

Ce supplice ne pouvait durer. Hérille prit le parti de déserter le plus possible la maison. C'était justement l'époque où l'on chassait le sanglier. Souvent il partait à la pointe du jour, quand tout le monde dormait encore, son chien seul éveillé, qui l'attendait sous la fenêtre. Les grandes plaines dénudées, les grands champs déserts, lui offraient la poésie de l'hiver, large et vivifiante. Il allait jusqu'aux limites du département, du côté de Courtronne ou de Saint-Mard ; la nuit le surprenait en chemin, mais il ne s'en inquiétait pas ; il découvrait quelque auberge rustique ou demandait le gîte chez des paysans. Là, ses nuits étaient tranquilles ; il se rassurait sur son état, en sentant que trente kilomètres de route entre lui et Félicité suffisaient à détruire l'obsession. Le moral n'était pas atteint, et la fatigue physique venait à bout de son regain de jeunesse. Avec quelques semaines de ce traitement, il aurait reconquis sa tranquillité, et pourrait de nouveau vivre en paix — délicieusement — avec lui-même.

VI

Depuis trois jours Hérille était parti en expédition, mais au Piolet on ne s'inquiétait pas de son absence ; on savait par expérience que ses tournées de chasse se prolongeaient souvent au delà même de ce terme. Une fois pour toutes il avait déclaré, avec plus de rudesse qu'il n'en mettait d'habitude dans ses paroles, qu'on n'avait pas à se préoccuper de lui et qu'il entendait agir à sa guise. En rentrant, il mangeait un morceau, se mettait au lit et le plus souvent repartait le lendemain.

Il était neuf heures du soir. Dans la cuisine, le père Chanot sommeillait, la tête sur l'angle de la table ; la mère Chanot tricotait devant l'âtre ; Félicité rangeait la vaisselle dans les armoires avec autant de soin que si tout ce qu'elle touchait eût été à elle. A travers la demi-obscurité de la pièce, ses yeux verts luisaient comme ceux d'un félin ; la masse de ses cheveux roux brûlait comme une torche sur son front. Tout à coup elle s'arrêta.

— Le voilà ! dit-elle. Ce n'est pas trop tôt.

En même temps, le père Chanot était sorti de sa somnolence, l'oreille aux écoutes.

— Ils sont plusieurs. Le pas est double, et même je gagerais qu'il y en a un troisième.

— Pas possible ! fit la mère Chanot en se levant.

On avait allumé des flambeaux. Il fallait voir. Les rôdeurs et les chemineaux ne sont pas rares en pays normand. La mère Chanot craignait surtout pour ses poules. Il n'y avait pas longtemps encore que quatre de ces bêtes avaient été enlevées une nuit — par des fouines, prétendait-on : mais sa conviction à elle était que des gens s'étaient introduits subrepticement dans la basse-cour. A tout hasard elle s'était cette fois armée d'un bâton.

— Laissez donc, disait Félicité. Ça ne peut être que notre maître.

Dehors la nuit était opaque. Le feu jaune d'une lanterne approchait, en même temps que le bruit des pas. Des voix contenues résonnaient, plus basses dans l'épaisseur des ténèbres.

— Mon Dieu ! dit le père Chanot aux deux femmes, pourvu qu'il ne soit pas arrivé quelque chose !

Ensemble ils se portèrent à la rencontre du mystère qui avançait lentement vers eux. Bientôt ils discernèrent un groupe : deux hommes attelés à un brancard sur lequel Hérille était étendu. A côté, un autre homme tenait un fanal.

— Ce n'est rien, dit l'un d'eux ; un accident sans gravité.

Hérille n'était pas évanoui ; il expliqua lui-même ce qui avait eu lieu : en poursuivant un marcassin à travers la forêt, il s'était pris le pied dans un collet ; comme il ne s'en était pas aperçu, il avait continué son élan et sa cheville brusquement s'était cassée. Personne ne se trouvait aux alentours ; force lui avait été d'attendre plusieurs heures sans bouger, car le moindre mouvement lui était douloureux. Enfin, des paysans étaient venus, qui l'avaient emporté jusqu'au village voisin, où un premier pansement lui avait été fait.

— Le médecin doit venir demain matin, ajouta-t-il. En attendant, je n'ai besoin que de repos.

Pendant ce temps, on l'avait transporté avec précaution sur son lit.

— Quel malheur ! disait la mère Chanot. Quel malheur !

Félicité lui imposa rudement silence. Des accidents comme celui-là, elle en avait soigné plus d'un dans sa vie, et elle se faisait fort de le guérir, sans même que le médecin eût à s'en mêler.

— Cela lui apprendra, conclut-elle du bout des dents, à rester des quatre jours sans revenir.

En effet, cette fille ignorante était une garde-malade incomparable. Elle veillait sur Hérille de telle façon que tous les autres soins étaient superflus. Un peu de fièvre s'était emparé du blessé : il répugnait à prendre les remèdes ordonnés en pareil cas et dont il avait dû tant abuser après son séjour au Brésil. Félicité lui préparait des tisanes et des plantes sauvages qui le soulageaient immédiatement et lui

procuraient un bien-être indéfinissable. Comme souvent la nuit il avait soif, elle s'était arrangé une couchette dans un cabinet voisin de sa chambre. Dormait-elle ? On pouvait supposer que non ; car au moindre mouvement d'Hérille elle accourait, le soulevait un peu contre sa poitrine et lui approchait elle-même la tasse des lèvres, afin qu'il bougeât le moins possible. Elle lui prodiguait des soins vigilants, un peu brusques, et le retournait dans son lit d'une seule brassée, comme un enfant. S'il avait froid — car l'hiver était tout à fait venu, et un assez rude hiver normand — elle le réchauffait par des moyens familiers, lui frottait les mains entre les siennes et quelquefois même lui envoyait sur le bout des doigts son souffle chaud.

Hérille s'énervait à ce contact féminin et jeune. A mesure que les forces lui revenaient, il sentait de nouveau l'obsession de la femme l'envahir. Mais comment y échapper cette fois ? Il en avait encore pour plusieurs semaines à rester étendu, la jambe dans un appareil de plâtre. Parfois il insinuait vaguement à Félicité que ses soins lui étaient moins nécessaires à présent, qu'elle devrait prendre un peu de repos. Mais elle hochait négativement la tête sans le regarder. S'il insistait, elle répondait qu'elle n'avait besoin d'aucun repos, que jamais elle ne s'était mieux portée ; et en effet jamais Hérille ne l'avait vue aussi florissante. Tout en gardant son aspect sain et vigoureux de fille de la forêt, elle avait pris quelque chose de plus élégant. Elle portait maintenant un corsage de velours bistre à côtes et, malgré l'hiver, son cou et sa nuque s'échancraient en blancheur entre les deux teintes plus foncées de l'étoffe et du visage. Le même parfum violent, qu'avait déjà distillé à ses narines la chevelure ardente et fauve, lui entrait de nouveau dans le cerveau chaque fois que Félicité se penchait sur lui ; longtemps après qu'elle l'avait quitté, le parfum persistait encore ; plus âpre dans la chambre close, il flottait dans l'air, était comme une seconde présence ; Hérille, malgré lui, trouvait une ivresse à s'y délecter. C'était — il le définissait maintenant — l'odeur des menthes sauvages, l'odeur piquante et fraîche des sous-bois dont si souvent il s'était grisé. C'était un peu de la nature, l'haleine même de la terre natale... Maintenant Hérille, presque guéri, mais condamné à l'immobilité, en arrivait à ne plus rêver que de cette incantation à laquelle chaque nuit il s'abandonnait. Il en arrivait à souhaiter que Félicité fût là constamment, pour mieux respirer la senteur bienfaisante, pour mieux s'enivrer à l'odeur de ses parfums. Certes, il ne cherchait plus à l'éloigner, il inventait même des raisons pour qu'elle s'assît tout contre son chevet, pour qu'elle se penchât sur lui davantage. Elle se prêtait de bonne grâce à ses fantaisies de convalescent, s'ingéniant même à les flatter par des prévenances. Un soir, n'y tenant plus, il la garda auprès de lui.

VII

Cette faiblesse d'un instant n'avait pas laissé de traces dans la vie d'Hérille. Guéri et satisfait, il avait oublié et sa blessure et l'incident qui l'avait suivie. Félicité, pas plus que lui d'ailleurs, ne semblait s'en souvenir. Du moins en jugeait-il ainsi maintenant que son imagination, comme ses sens, s'était apaisée dans la possession. Qu'elle continuât à le servir avec complaisance, à se heurter à lui en passant, il n'y prenait plus garde; qu'elle eût les bras nus ou des manches longues, la gorge libre où un corsage bridé, il ne s'en apercevait même pas. La tentatrice avait disparu; elle avait fait place à une femme comme toutes les autres, pour laquelle il n'avait ni désir ni mépris, plus rien que de l'indifférence...

Définitivement, c'était bien la nature, et la nature seule qu'il aimait. Il avait repris ses courses enchantées à travers les grands espaces sillonnés de soleil et d'ombre. Oui, il était à l'âge où l'homme se prend à aimer de toutes ses forces cette terre dont il a été pétri et au sein de laquelle il doit retourner bientôt. Mystérieuse attraction qui s'impose à lui, en dépit de tout, et l'oblige à replier les ailes de sa pensée, qui se sont ouvertes toutes grandes au temps des vives aspirations de la jeunesse. Il semble qu'alors l'esprit soit un aérostat gonflé de gaz léger, qui enlève au-dessus de la vie la nacelle pesante des corps; mais jamais, quelle que soit sa force, il ne peut l'enlever bien haut. La terre patiente l'attend. Elle se pare de feuillages, se farde de lumière, se fait belle et désirable aux yeux de celui qui lui appartient. Elle sourit dans les fleurs pour murmurer l'arrêt fatal : « Souviens-toi que tu es fait de poussière et que tu reviendras poussière. » Un peu de poussière, voilà tout ce qui restera de ce rien sensible qui a battu de tant de désirs, pleuré tant de larmes, frémi à tant d'espérances! L'homme se penche vers la terre et lui rend ce rien qu'il a été impuissant à galvaniser.

Hérille, à vrai dire, n'avait pas encore entendu la voix menaçante. Il jouissait en paix de la nature, sans que rien en pût atténuer le charme. Assez artiste de tempérament pour ressentir toutes les beautés d'un paysage, il n'avait pas cette préoccupation des artistes de profession, peintres ou poètes, qui cher-chent à faire de toutes leurs émotions de la matière pour leurs œuvres esthétiques. Il se laissait aller doucement au bonheur d'être le miroir sur lequel venait se refléter le frisson rose des aurores ou la splendeur des soleils couchants. La chasse fermée, il continuait à parcourir le pays, à cheval le plus souvent, par monts et par vaux; mais maintenant il ne craignait plus les yeux verts de Félicité, ni le frôlement de son souffle; il rentrait joyeux dans la maison toujours bien ordonnée et bien accueillante, où l'attendaient un repas copieux, un feu clair et un lit sans remords.

Une chose cependant l'inquiétait : depuis le jour où le garde-chasse avait laissé partir sa fille, il n'avait plus donné signe de vie, ni aucunement cherché à la revoir. Hérille savait que d'après les conventions qui avaient été faites devant lui, Félicité devait envoyer à l'ivrogne la moitié de ses gages. Sans doute tenait-elle fidèlement sa promesse; mais, de son côté, jamais elle ne quittait le Piolet, jamais elle ne sortait, même pour aller causer avec les gens sur le chemin. N'y avait-il pas là-dessous quelque mystère? Que devenait l'homme, réduit à un isolement complet, dans le coin le plus reculé du bois et en cette saison exceptionnellement rude? Voilà une semaine que la neige tombait par intermittences et, comme le gel reprenait ferme chaque nuit, la terre était toute durcie d'une épaisse couche de verglas. Hérille se résolut, dès que les chemins seraient praticables, à pousser une reconnaissance de ce côté.

Sans en rien dire, il partit au premier matin de temps clair; la veille, il avait pris la précaution de faire ferrer à glace son cheval. Le froid était piquant, mais un beau soleil mettait de la gaieté sur la blancheur uniforme des plaines. Hérille se sentait joyeux. Des refrains de sa jeunesse lui revenaient aux lèvres en parcourant les sentiers connus. Il chantonnait et sifflotait, bercé par l'amble rythmé de sa monture.

Il déjeuna dans une auberge, à mi-chemin de la forêt. Là, il s'informa des nouvelles du garde. Les gens ne le connaissaient point; du moins semblaient-ils vouloir se défendre d'avoir aucun rapport avec lui. Hérille pensa que c'était eux qui le pourvoyaient de cidre et de calvados; en bons commerçants, ils mettaient à l'abri leur responsabilité et, leur marchandise vendue, ils ignoraient quelles pouvaient en être les funestes conséquences. D'ailleurs, cette plaie de l'alcoolisme de plus en plus envahissait le pays. Il n'était pas rare de rencontrer dans les villages des enfants de quinze ans, la démarche chancelante et portant déjà tous les signes d'une dégénérescence visible. Cette robuste race normande, qui avait donné tant de héros à la France, était en train de s'acheminer vers le déclin et l'abrutissement.

Hérille remonta à cheval, un peu attristé. L'inutilité de sa vie venait tout à coup de lui apparaître. Qu'avait-il tenté pour le prochain, pour son coin de terre natale, pour sa patrie même? Jamais rien. Il avait toujours vécu et travaillé en vue de lui seul, et ses besoins de tendresse et de dévouement étaient encore de l'égoïsme. L'idée d'une justice immanente qui réservait encore d'autres déboires à sa quiétude le fit soudain tressaillir. Il mit son cheval au galop et s'enfonça dans la forêt.

Là, un paysage magique l'attendait. Du givre pendait aux arbres, et le soleil, en le faisant fondre à demi, l'avait transformé en stalactites. Sur le sol, la couche épaisse de neige s'était usée et amincie au point de devenir une dentelle de tulle transparente, qui laissait aux choses leurs formes et leurs contours.

Les mousses et les tiges encore debout des fougères se voilaient de cette trame impalpable; les branches, sous le bleu pâle du ciel, s'entre-croisaient, nerveuses et souples, comme faites d'un cristal léger qu'un souffle semblait devoir briser. Mais pas un souffle, pas un bruit ne venait troubler cette merveille de blancheur. Hérille chevaucha longtemps entre les végétaux figés, sans rencontrer trace d'être vivant. Les oiseaux eux-mêmes avaient disparu, blottis sans doute en quelque fente d'arbre et muets devant cette immobilité de la terre.

Cependant la maison du garde ne devait plus être bien loin. Hérille croyait reconnaître cette partie du bois où, chasseur égaré et mourant de soif, il avait été induit à demander un verre de cidre au père de Félicité. Mais le décor était si différent, de l'automne rutilant d'alors et de l'hiver glacial d'aujour-

d'hui, qu'il hésitait à se fier à son impression: même le toit rouge de la maison recouvert de neige devait se confondre avec le reste du paysage. Il fit tourner son cheval et se dirigea néanmoins dans l'allée au bout de laquelle il croyait trouver la demeure du garde.

Il ne s'était point trompé; la maison était là, en effet, dans un retrait, à droite de l'allée. Des empreintes de pas tout autour faisaient dans la neige des trous noirs. Le garde ne devait pas être loin.

— Holà! cria Hérille. Holà!

Comme il n'obtenait pas de réponse, il descendit de cheval et entra. Dans la salle, il n'y avait personne. Hérille revit la table où il avait bu, la place près de l'armoire où Félicité pleurait. Un peu d'émotion le prit. Il sortit et suivit la trace des pas.

Quel silence et quelle solitude! Comment un être humain pouvait-il vivre dans ce désert? Comment Félicité elle-même avait-elle pu y tenir si longtemps? Hérille commençait à sentir sa respiration se faire plus courte. Le bras passé à la bride de son cheval, il avançait vite, pressé d'arriver au but.

Tout à coup il poussa un cri: quelque chose de noir pendait devant lui, à un chêne isolé qui bouchait l'issue du chemin; quelque chose de noir sous l'éclatante blancheur de la forêt, le cadavre du garde, une loque d'où la vie était partie, la casquette rabaissée sur les yeux, la langue tombante...

Hérille avait prévenu la gendarmerie et à bride abattue il était rentré au Piolet. La vision atroce le poursuivait, l'homme noir pendu dans la forêt blanche. — Puis, c'était Félicité qu'il fallait prévenir aussi. D'avance il entendait les cris de la fille, il voyait ses torsions de mains, son désespoir. Il lui dirait tout cependant. Voilà que maintenant son cheval s'arrêtait de lui-même dans la cour. Félicité était là, occupée à essorer du linge.

— Félicité, dit-il d'une voix basse, je v'

de trouver votre père pendu à un arbre, dans la forêt...

Elle ouvrit la bouche toute grande, et resta une minute muette. Puis, reprenant son air tranquille :

— Le bon Dieu ait son âme! dit-elle. Il m'a assez longtemps fait souffrir !

VIII

Un matin, comme Hérille venait de se réveiller et qu'il attendait pour se lever que le jour se fût fait un peu plus intense, il vit avec surprise Félicité entr'ouvrir sa porte. Pourquoi venait-elle ? Jamais personne n'entrait dans sa chambre avant qu'il en fût sorti. Il ne demandait aucun service particulier à ses gens, ayant conservé de son séjour au Brésil l'habitude des ablutions froides et aussi celle de prendre son premier déjeuner, comme les autres repas, dans la salle.

Cependant la fille avançait lentement vers lui, avec cette façon de marcher de biais qui lui était habituelle. Hérille remarquait qu'elle avait la figure rouge et les yeux mouillés. Il la revit à ce moment telle qu'il l'avait vue pour la première fois dans le pavillon du garde, et quelque chose de pénible passa en lui. Il ne bougea pas, attendant ce qu'elle pouvait avoir à lui dire.

Sans qu'il l'en eût priée, elle s'était assise près de son lit ; et, tout à coup, elle se mit les deux mains sur la figure, elle éclata en sanglots. Alors Hérille sortit de son mutisme:

— Qu'est-ce qu'il y a donc, Félicité? Qu'avez-vous ?

Elle sanglotait de plus en plus fort. Allait-elle rester longtemps ainsi ? Le jour maintenant était tout à fait venu, inondait la chambre. Hérille regardait la campagne, où les premières couleurs du printemps commençaient mollement à se peindre. Il devait faire ce matin-là une longue promenade à pied dans les herbages. Il s'impatientait de ce contre-temps, qui le retardait. A vrai dire, le chagrin de Félicité ne l'émouvait guère. L'éphémère intimité qui avait existé entre eux, loin de l'attacher à elle, l'en avait éloigné davantage.

— Voyons, expliquez-vous, fit-il péremptoire.

Alors Félicité ôta les mains de son visage et parla. Ce qui lui arrivait était bien malheureux, si malheureux que pendant longtemps elle n'avait pas voulu y croire. Mais il n'y avait plus moyen de douter, mainte-

nant : la chose était sûre et certaine. Même que le monde n'allait pas tarder à en jaser... Ah! si elle avait su, si elle avait réfléchi...

Elle jeta un regard effaré du côté d'Hérille; assis sur son lit, les mains croisées, il regardait au loin, sans donner aucune marque d'intelligence. A mesure que Félicité parlait et qu'il entrevoyait la signification de ses paroles, une véritable stupeur s'enfonçait en lui. La défiance naturelle de l'homme à l'égard de la femme qui s'est livrée à lui l'immobilisait et soudait ses lèvres. Cette créature, qui pleurait et se lamentait d'avoir conçu, c'était une ennemie à ses yeux, l'ennemie qui venait détruire sa paix, son repos, la belle quiétude égoïste de sa vie ; et tout cela pour une minute de vertige vite oubliée, et qu'il croyait à jamais effacée de leur mémoire à tous deux.

Les yeux secs maintenant, Félicité s'était levée. Elle s'était penchée sur lui, brusque, résolue, arrogante presque.

— Vous devez bien vous souvenir, le soir, quand vous aviez votre jambe cassée? Ah! j'aurais aussi bien fait de vous laisser vous guérir tout seul, je ne serais pas en peine comme je le suis à l'heure qu'il est !

A son attitude, Hérille comprit qu'elle ne s'en irait pas avant d'avoir obtenu de lui quelque réponse.

— C'est bon, dit-il, en adoucissant sa voix ; je verrai quelle détermination je dois prendre.

Elle partie, la stupeur qui avait pénétré l'âme d'Hérille ne fit que s'accroître. Sa première idée, en ce désarroi, était qu'il fallait à tout prix éloigner Félicité, se débarrasser d'elle. Il ferait un sacrifice, au besoin ; il trouverait le moyen de réunir ce qui serait nécessaire pour assurer l'existence de la mère et de l'enfant. En agissant ainsi, il se croyait encore assez généreux. Peu à peu cependant des sentiments plus humains se firent jour à travers l'effarement de son âme.

Ainsi, il allait mettre à la porte comme une voleuse, comme une malfaitrice, cette fille, coupable seulement de lui avoir cédé, d'avoir satisfait à ses désirs? Où irait-elle avec le fruit de leur péché dans les entrailles? Souvent il avait déploré l'état actuel des mœurs qui marque la maternité illégale d'un sceau d'infamie. Souvent aussi, pendant sa carrière d'avocat, il lui était arrivé d'avoir à défendre quelques-unes de ces abandonnées contre l'amant ingrat et lâche qui les avait délaissées après les avoir flétries. Pour Félicité, le cas était plus grave encore ; elle n'avait ni père, ni mère, ni personne au monde près de qui se réfugier. Sa vie sauvage ne lui avait ménagé aucune affection. Elle ne trouverait même pas à s'employer; les patrons s'empresseraient de lui refuser de l'ouvrage, dès qu'ils s'apercevraient de sa grossesse.

Car cette grossesse devenait de jour en jour plus apparente. Était-ce parce qu'il le savait maintenant, ou parce que Félicité, ayant divulgué son secret, se laissait aller davantage? Chaque fois qu'elle passait devant lui, il était frappé de l'ampleur de sa taille; cette preuve irrécusable de leur commune défaillance le gênait, mais ne l'irritait plus. Par moments même un peu d'attendrissement le prenait à la pensée de l'enfant; il se souvenait combien il avait désiré autrefois ce qui le tourmentait et le perturbait tant à présent. Être père, avoir un foyer !... Il avait cru longtemps qu'il ne pouvait y avoir sur terre de meilleur bonheur...

Donc, l'idée de renvoyer Félicité, il l'avait écartée complètement de son esprit; il se reprochait même de s'y être arrêté dans le premier moment de désarroi. Mais que ferait-il, et comment se tirerait-il de cette position difficile? Ah ! s'il était plus jeune de quelques années !...

Bien que Félicité ne fût qu'une fille rustique, peut-être eût-il pu songer à en faire sa femme. Une fille rustique, une paysanne, n'était-ce pas une comme celle-là qu'il eût épousée, s'il n'avait jamais quitté le pays natal? N'était-il pas lui-même un paysan, fils de paysans, et attaché à la terre par des racines dont il sentait le prolongement indéfectible en lui? Mon Dieu ! n'était-ce pas là que résidaient la vérité et la justice?

IX

Après avoir mûrement réfléchi, Hérille n'avait pas trouvé de meilleure solution pour contenter sa conscience et assurer sa tranquillité, que d'épouser celle qu'il avait rendue mère. Il en était arrivé là, par la simple logique de son esprit, et plus rapidement que n'eût pu le faire un autre homme moins dégagé que lui des préjugés sociaux et des obligations mondaines.

En somme, ce mariage ne changeait rien à sa vie, rien même à ses habitudes journalières. Il s'était célébré sans aucune pompe, un matin; et l'après-midi le marié et la mariée étaient retournés chacun à leurs occupations Félicité n'avait même pas voulu qu'on invitât les témoins à déjeuner. Elle n'avait point modifié la simplicité de ses vêtements, ni accepté aucun des présents d'usage, se contentant de ce que son mari lui apportait par contrat.

Hérille avait d'abord craint qu'une fois investie de la dignité conjugale, la servante, devenue maîtresse, ne cherchât graduellement à lui imposer ses volontés. Mais jamais, au contraire, Félicité ne s'était montrée aussi accommodante; jamais elle n'avait tenu aussi peu de place. Après comme avant, elle était restée humblement sa ménagère. Elle continuait à le servir, augmentant seulement les prévenances et les soins. Il pouvait aller et venir, sortir, rester, sans que jamais elle l'interrogeât. Au retour de ses courses, il la trouvait toujours à la même place, occupée, sa besogne finie, à ourler des langes pour le petit être qui naîtrait bientôt. Hérille avait calculé que ce serait pour la fin de l'été et d'avance il se réjouissait de voir la bercelonnette de son fils suspendue sous les feuillages.

Son fils !... A cette pensée, une émotion d'une nature toute nouvelle l'envahissait. Il lui arrivait maintenant de renoncer à ses promenades, malgré le radieux soleil de juin, de s'asseoir près de Félicité pour voir éclore entre les doigts de la mère les menus objets de la layette. Il lui semblait que c'était déjà quelque chose de l'enfant qui venait au monde, ces bavettes, ces brassières minuscules et ces petits bonnets frisés de comète où son imagination plaçait un petit visage rose et somnolent. Et quelque chose aussi naissait en Hérille, le sentiment de la paternité, l'instinct de la survie, d'autant plus impérieux en son âme qu'il se faisait tard pour lui dans l'existence. Son fils ! c'était sur cette pente naturelle qu'allait désormais le trop-plein de ses affections, et tout ce qu'il avait refoulé au fond de lui-même de confuses et inutiles tendresses. Aux yeux désabusés d'Hérille, l'enfant se présentait comme le seul objet digne d'être chéri, le seul dont l'humanité pure et innocente pût recevoir les eaux vives de l'amour sans les changer en un amer poison. C'était de la fraîcheur et de la joie qui allait rajeunir son foyer.

Lui-même, Hérille, se sentait redevenir jeune. Son avenir n'était plus vide maintenant : il y voyait marcher devant lui un autre petit Hérille, un petit natif du Piolet, qui continuerait la lignée des bons ancêtres et hériterait du bien paternel. Car Hérille avait déjà ses idées arrêtées au sujet du sort de l'enfant. Il voulait en faire un cultivateur, le former dès ses premières années à aimer la terre, à mettre en elle tout ce qu'il aurait énergies et de ressources. Il savait trop bien, par sa propre expérience, ce que lui avait coûté l'ambition de ses parents, qui avaient rêvé pour lui les plus hautes destinées et n'avaient réussi qu'à lui faire parcourir toutes les étapes des désillusions et des déboires. Non, le futur petit Hérille ne serait pas exposé aux mêmes vicissitudes. Il labourerait le champ de ses pères et y trouverait largement sa subsistance en même temps que la paix du cœur.

Pour cela Hérille se préoccupait d'agrandir et surtout d'améliorer le domaine. Ce qui lui avait paru suffisant jusqu'ici pour ses seuls besoins ne lui semblait plus tel, maintenant qu'il avait un héritier. Dans son départ précipité du Brésil, malade, et surtout dégoûté de tout, il avait liquidé un peu trop hâtivement sa fortune. Des affaires derrière lui étaient restées en souffrance, sur lesquelles il pourrait certainement, en s'en occupant, réaliser encore d'assez gros bénéfices. Avec l'aide d'Archambault, et dût-il refaire lui-même le voyage, il arriverait à retrouver quelques parcelles des grandes richesses qui lui avaient passé entre les mains autrefois. Cela servirait à embellir le Piolet. La sagesse et l'économie de Félicité contribueraient encore à rendre prospère le sort de l'enfant.

Dans cet ordre d'idées, Hérille en était arrivé à s'oublier complètement lui-même. Quand il sortait maintenant, c'était toujours en vue de ces arrangements qu'il rêvait. Une pièce de terre de plusieurs arpents attenant à son bien le tentait; en attendant de pouvoir l'acquérir, il voulait la louer et l'emblaver, de façon à ce que le sol fût meuble déjà quand il en deviendrait propriétaire. Dans ce but, il était parti un matin à cheval de très bonne heure, pour aller chez le notaire de Saint-Pierre-sur-Dives. C'était la veille de la Saint-Jean, le jour le plus long de l'année. Il avait calculé, en partant ainsi dès l'aube, qu'il serait encore de retour pour le déjeuner de midi. Et en effet, midi sonnait comme il mettait pied à terre devant la maison. Il s'étonna de voir que Félicité n'était pas à sa place habituelle, à coudre, près de la fenêtre. Ce fut la mère Chanot qui vint au-devant de lui : Félicité était souffrante; on avait dû aller chercher le médecin.

— Serait-ce déjà le moment? se dit Hérille. Mais non, cela était impossible; il manquait encore plus de deux mois — deux mois et dix jours, il en était sûr — pour que la grossesse fût à terme. Un accident alors? D'en bas il entendait les gémissements de Félicité. Il monta en hâte auprès d'elle. Affec-tueusement il l'interrogea; mais elle était incapable de lui répondre. Les bras jetés au-dessus du lit, la gorge haletante, elle peinait au dur mal de l'enfantement. A ce moment le médecin arriva et son premier soin fut de congédier Hérille.

Resté seul dans la salle, — car la mère Chanot était montée à son tour, — il marchait de long en large, anxieux. Déjà il sentait s'écrouler ses espérances. Il n'y avait guère de chances que l'enfant, s'il n'arrivait pas mort-né, pût vivre, à sept mois à peine! Au dedans de lui il maudissait l'imprudence de Félicité, qui jamais n'avait voulu se ralentir de sa besogne, ni prendre aucune des précautions que nécessitait son état. Il se reprochait à lui-même de n'avoir pas parlé en maître et forcé sa femme à une vie moins laborieuse.

Que se passait-il là-haut? Il n'entendait plus maintenant les cris de la patiente, mais seulement les pas précipités du médecin et de la vieille Claudine. Peut-être était-ce une fausse alerte, et les douleurs resteraient-elles sans résultat? Peut-être aussi s'était-il trop pressé de mettre les choses au pis? Toujours il avait été ainsi, et dans les circonstances incertaines son imagination allait du premier coup au-devant des plus grands malheurs. N'y tenant plus, il monta. Il se heurta dans l'escalier au médecin, qui descendait demander les balances.

— Eh bien? fit-il anxieusement.

— C'est fait! dit le docteur. Un beau garçon. Il pèse au moins ses douze livres!

Hérille n'en demanda pas davantage. Un coup de massue venait de lui écraser les tempes; il se réfugia dans sa chambre; il regarda, hébété, la campagne. Les paroles du médecin voltigeaient comme des chauves-souris parmi l'obscurité de son cerveau :

— Un beau garçon! Il pèse au moins ses douze livres!

X

Ayant compris qu'il avait été joué, Hérille avait renfermé en lui son humiliation. Pas une parole de reproche à l'égard de Félicité n'était sortie de ses lèvres. A quoi bon aurait-il récriminé, crié, fait du scandale? N'avait-il pas été, cette fois encore, le premier auteur de son mal? De s'être laissé prendre au piège grossier de la chair, au piège plus subtil de sa sensibilité, il se voyait aujourd'hui sa propre dupe. Et il se repliait sur soi-même;

il ne voulait plus rien avoir de commun avec le monde extérieur.

Ses nuits étaient épouvantables; il ne se couchait pas et rôdait comme une bête égarée autour de la maison, où Félicité, soignée par la mère Chanot, achevait doucement de se remettre. Dans l'ombre il lui semblait que sa honte devenait moindre; il se laissait aller à retourner en arrière et à reformer une à une dans sa pensée les mailles du filet dans lequel il avait été pris. Nul doute que la fille du garde, quand elle avait consenti à le suivre, ne portât déjà dans ses entrailles le fruit de quelque anonyme péché. « Elle n'est bonne à rien, avait dit l'homme, qu'à verser à boire à ceux qui passent. » Hérille trouvait un raffinement d'amertume à reconstituer l'ignoble scène. Quelque chasseur comme lui, ou quelque gars de la contrée, après avoir vidé la bolée de cidre, prenait par la ceinture la fille robuste, l'entraînait dans le taillis et la quittait au bout d'un instant râlante encore et désajustée, des brindilles de feuilles mortes attachées à ses cheveux roux. Son père la surprenait et la rouait de coups pour lui apprendre à s'en laisser conter, — à moins que, complaisant lui-même, il ne réclamât de l'aventure quelque profit... Et c'était cette créature impudique qu'il avait recueillie sous son toit! Comme elle avait su, dès lors, cacher son jeu, se faire modeste et prévenante! En peu de jours elle s'était rendue presque nécessaire. Inconsciente, elle ne l'était point quand elle le frôlait au passage et étalait devant lui la jeunesse de sa gorge et de ses bras nus. Ce qu'elle voulait, c'était le capter une fois par surprise, lui faire endosser en cette seule fois tout le passé; ensuite elle était rentrée dans son simple rôle de servante, elle avait feint d'oublier...

Dans le désordre de son âme, Hérille poussait plus loin encore ses soupçons : ce lacet, auquel il s'était pris le pied en chassant, n'avait-il pas été mis là tout exprès pour qu'il y tombât, image sensible des embûches morales qui l'attendaient? Sur son propre roman il en échafaudait un autre, où sa blessure, le suicide du garde, la dureté de Félicité pour elle-même, venaient se rattacher et former de nouveaux chapitres non moins sombres. Parfois le fil même de cette trame lui échappait : il ne voyait plus rien que, dans la nuit obscure, les yeux verdâtres de la femme et les yeux, verts aussi, de l'enfant.

Car c'était là la partie tangible de son supplice; le temps, en s'écoulant, loin de le calmer, ne faisait que l'accroître davantage. Félicité s'était rétablie et vaquait de nouveau aux soins de la maison ; l'enfant grandissait et prospérait à vue d'œil. Trait pour trait il ressemblait à sa mère. Hérille, quoi qu'il fît, sentait une fureur sourde l'envahir contre ce petit être innocent, dont il avait tant désiré la venue. Il l'enveloppait dans la même haine que celle qui lui avait donné le jour. Pourtant il se contenait et ne laissait rien percer de ses sentiments. C'était lui maintenant qui évitait de regarder Félicité en face. Taciturne, il ne parlait à personne; il passait tout son temps assis sur un banc, à l'écart, loin de la maison. Visiblement il retournait à l'état sauvage; avec sa barbe longue et ses yeux creusés, il ressemblait à quelque bête fauve plutôt qu'à un homme.

La terre même, qu'il avait si profondément aimée, il la prenait en grippe, comme il avait pris en grippe la femme, l'enfant, tout ce qui l'entourait. Il ne pouvait voir sans un tremblement de douleur ces champs cultivés avec tant de joie, qui, lui mort, tomberaient entre des mains étrangères. Et la mort n'était pas loin, il la sentait venir, il l'appelait de tous ses vœux. Le peu de forces qui lui restaient, il les employait à appeler la libératrice.

Un soir de juin il était assis comme à son habitude sur le banc solitaire. C'était l'heure voisine du crépuscule. Le soleil envoyait dans les plaines luxuriantes des javelots trempés d'or liquide et de sang. Hérille, malgré sa tristesse, ne pouvait s'empêcher de regarder la beauté de sa terre natale. Le champ qu'il avait emblavé la saison précédente, et dont il ayait enrichi son héritage, poussait entre tous des épis vigoureux. Pour l'acquérir, ce champ, Hérille se souvenait d'avoir fait à pareille époque le voyage de Saint-Pierre-sur-Dives. Il y avait de cela un an jour pour jour; c'était la veille de la Saint-Jean. Quel espoir alors soulevait, dilatait son cœur! Aujourd'hui, c'était fini : la terre avait tenu ses promesses, mais dans le cœur de l'homme il n'y avait plus que des ruines et des larmes.

Que de ruines et de larmes... Assis sur son banc solitaire, il évoquait le cours de sa vie. Sa vie lui apparaissait comme un fleuve aux eaux gonflées et frémissantes, sur lequel des ombres passagères soufflaient la tempête et le malheur. Et ces ombres c'étaient les femmes qu'il avait aimées ou désirées : Félicité, Alessandrina, Octavie. Une seule se tenait immobile sur le rivage, et regardait fuir sans les troubler les eaux frémissantes. Celle-là seule l'avait aimé, celle-là seule avait offert à son labeur un sein doublé de tendresses. Et cependant il s'était séparé d'elle volontairement, il avait brisé sans pitié la fleur encore vivante de leur amour. Et à cause de cela sans doute l'amour, jamais plus, n'avait porté pour lui d'autres fleurs heureuses... Léa, petite ombre évanouie, petite flamme à jamais éteinte !...

Le soleil avait disparu. Au loin les plaines se remplissaient d'ombre. Hérille porta la main à son front. Un souffle inconnu l'effleurement d'une aile mystérieuse, venai de le faire tressaillir. Puis il ne vit plus rien il ne sentit plus rien qu'un grand vertige : la Mort bienfaisante l'emportait.

LES ŒUVRES COMPLÈTES
D'ALFRED DE VIGNY

POÉSIES — ROMANS — THÉATRE
ŒUVRES POSTHUMES — CORRESPONDANCE

NOTES ET COMMENTAIRES, par Léon SÉCHÉ

ÉDITION COMPLÈTE en 12 volumes de luxe de 250 pages environ, imprimés sur beau papier vergé avec des caractères spécialement fondus pour cette collection

(FORMAT 11 × 18)

Le volume broché . . . . . 1 fr. 50
Relié toile pleine. . . . . . 2 fr. »
Relié 1/2 basane fers spéciaux. 2 fr. 50

POÉSIES : Poèmes antiques et modernes; Héléna; Fragments. **1** volume

Avec une notice sur Alfred de Vigny et une étude sur les Poèmes, par Léon SÉCHÉ.

STELLO . . . . 1 volume

CINQ-MARS . . . . 2 volumes

SERVITUDE ET GRANDEUR MILITAIRES. . . . . 1 volume

THÉATRE COMPLET { Tome I. — Shylock, Othello.
Tome II. — La Maréchale d'Ancre. Quitte pour la peur.
Tome III.— Chatterton *suivi de Mademoiselle Sedaine et de la Propriété littéraire et du Discours de Réception à l'Académie française.* } **3** volumes

JOURNAL D'UN POÈTE. . . . . 1 volume

ŒUVRES POSTHUMES : *Les Destinées, Fantaisies oubliées, Mélanges* . . . . 1 volume

CORRESPONDANCE, nombreuses lettres inédites . . . . . 2 volumes

IMPRIMERIE CRÉTÉ
CORBEIL (S.-ET-O.)